L'EXILÉ

BETHANY ADAMS

Traduction par
GAELLE TY R SO
Traduction par
VALENTIN TRANSLATION

À tous ceux qui ont cru en mon humble travail.
Votre soutien m'est très précieux.

CHAPITRE UN

Inona se renfrogna devant l'arche en pierre, mais elle se dirigea vers le portail à grandes enjambées, d'un pas assuré. De toutes les tâches qu'on lui avait confiées, celle-là était la plus pénible à ses yeux. Garder un œil sur les exilés. Une bande de bons à rien en grande partie. Elle tira nerveusement sur le drôle de t-shirt léger qu'elle portait, si léger qu'elle ne pouvait même pas dissimuler un poignard dessous. Heureusement, son pantalon bleu épais avait des poches convenables. Les humains se souciaient trop peu de leur propre sécurité, vraiment.

La plupart d'entre eux.

Après avoir salué le garde posté devant le portail d'un geste de la main, Inona franchit sans hésiter la barrière invisible pour pénétrer dans le Voile. Les brumes l'enveloppèrent et, ballottée par l'énergie tumultueuse, elle fut prise d'un violent haut-le-cœur. Elle frotta son ventre. L'état du Voile avait empiré depuis son dernier voyage de Moranaia à la Terre. Les filaments colorés tournoyaient comme s'ils étaient pris dans une tempête et celui qu'elle recherchait, celui qui la guiderait vers sa destination, lui échappa plusieurs fois avant qu'elle puisse l'agripper avec sa magie.

Fermement accrochée, Inona se servit de son pouvoir pour tirer sur le filament, un léger sifflement s'échappant de ses lèvres alors qu'elle glissait à travers un espace infini. Elle déglutit pour ravaler la bile qui lui montait dans la gorge. Bon sang, elle ne s'attendait pas à une telle agitation. Elle ferma résolument les yeux alors que l'énergie la secouait dans tous les sens, comme pour se débarrasser d'elle. C'était la même chose que de tenter de traverser des rapides gonflés par une crue au lieu d'un paisible ruisseau.

Alors qu'elle approchait de sa destination, elle agrippa le filament secondaire qui lui permettrait de rejoindre la sortie qu'elle devait prendre. Enfin, Inona se retrouva de l'autre côté du portail sur des jambes flageolantes. Elle tendit le bras pour s'appuyer contre la paroi rocheuse à proximité et cligna des yeux face au changement de luminosité. La petite crevasse dans le flanc de l'escarpement la mettait à l'abri des regards sans pour autant occulter le soleil de l'après-midi.

Inona s'adossa contre la pierre chaude pour reprendre son souffle. La dernière fois qu'elle était passée par ici, la zone était faiblement peuplée. Combien d'années terriennes s'étaient écoulées depuis ? Les sourcils froncés, elle effectua un rapide calcul mental. Au moins onze, se dit-elle, bien qu'elle ne soit pas experte en matière de conversion temporelle. Suffisamment longtemps en tout cas pour que les humains se soient installés plus près de l'escarpement.

Sur ses gardes, Inona jeta un coup d'œil à l'angle de la crevasse. Sur la gauche, le terrain montait. Les arbres se balançaient dans la brise et les oiseaux gazouillaient au loin. Exactement comme dans ses souvenirs. Elle regarda à droite, vers le bas de la colline qui partait du pied de l'escarpement. Un juron lui échappa. Un quartier s'était développé à cet endroit, les maisons bien ordonnées des humains ayant remplacé la forêt qui régnait jadis. Une plus grande prudence serait de mise à présent.

Elle recula et sortit un morceau de papier de sa poche. L'air perplexe, elle parcourut la liste de noms. Seulement trois, cette fois, mais elle n'avait encore jamais rencontré le premier. *Delbin Rayac, originaire d'Oria.* Il était sous la responsabilité de Coric durant ces deux derniers siècles, mais ce privilège discutable était désormais celui d'Inona depuis que Coric et sa femme avaient accueilli leur premier enfant.

Inona soupira. Qu'est-ce qu'on ne ferait pas pour un jeune parent !

DELBIN BRAQUA LES YEUX SUR SA CIBLE.

— Vous ! s'exclama-t-il du haut de son perchoir, le micro de son masque amplifiant sa voix.

La blonde de l'autre côté de la clairière en terre lui lança un regard inquiet et pressa le pas.

— Je sais que vous m'avez entendu, m'dame. J'suis plus criard que cet ignoble t-shirt orange que vous portez. Votre mari vous a vraiment laissée quitter la maison comme ça ?

Elle se figea sur place, entièrement crispée, puis finit par se tourner pour lui lancer un regard noir.

— Je n'ai pas de mari.

— Votre femme, alors ? demanda-t-il avec un clin d'œil. Je ne juge pas.

— Oui, c'est ça, marmonna la blonde, si bas qu'un humain n'aurait pas entendu ce qu'elle venait de dire.

Mais Delbin n'était pas humain.

— Oui, j'y crois pas non plus.

Bien qu'elle ne puisse pas le voir, il afficha un sourire joueur derrière son masque avant d'ajouter :

— Vous êtes trop moche pour l'un ou l'autre, de toute façon.

3

La blonde demeura bouche bée d'indignation et pour la première fois, ses yeux se posèrent sur la cible à côté de la cuve placée sous lui. Delbin trempa ses orteils dans l'eau. *Elle meurt d'envie de me faire faire trempette.* Mais ce n'était pas ce dont cette femme avait réellement besoin. Il projeta une volute d'énergie, se connectant à son esprit de la façon la plus légère qui soit pour y introduire cette pensée :

« *Ce gars raconte n'importe quoi. Je suis très belle.* »

La femme carra les épaules et le regarda de haut.

— Allez donc voir ailleurs si j'y suis !

Delbin lui balança une autre insulte sans grande conviction alors qu'elle se dirigeait vers la grande roue, mais il estimait avoir fait son travail – même si Grunge ne serait sans doute pas d'accord là-dessus. Si les profits du tombe-à-l'eau chutaient un peu quand il était aux commandes de l'attraction, le vieil homme devrait s'en accommoder, car il ne prendrait jamais plaisir à démonter les gens pour de l'argent.

Poussant un soupir, Delbin glissa ses doigts sous son masque et essuya la sueur sur son visage. Le masque était bien trop chaud pour être porté sous la chaleur d'un automne au Tennessee, mais avec les insultes qu'il proférait, ce déguisement de clown bariolé lui avait évité de se faire taper dessus à maintes reprises. Depuis qu'ils avaient entamé cette tournée dans les foires, il avait reçu pas mal de menaces d'hommes qui n'aimaient pas que l'on remette leur virilité en question.

Grunge s'approcha d'un pas nonchalant, sa tignasse argentée hérissée de façon encore plus bizarre que d'habitude. L'état des cheveux du vieil homme était un sujet de plaisanterie constant parmi la troupe.

— Combien de fois t'as plongé ? demanda-t-il d'un air bougon.

— Deux, répondit Delbin, mais il est encore tôt.

Grunge désigna de la tête un homme de grande taille qui venait d'arriver par le portail principal.

— Et c'lui-là, t'en penses quoi ?

J'en pense que ce type ne ressemble pas du tout aux gens du coin. Delbin plissa les yeux, observant les longs cheveux noirs attachés de l'homme, qui laissaient son visage dégagé et son menton levé de façon arrogante. *Vraiment pas du tout.* Il entreprit de projeter son énergie pour sonder le nouveau venu, mais s'arrêta net en apercevant le bout de l'oreille de l'inconnu dépasser de sa chevelure. Pointu. Il s'agissait donc d'un elfe – ou d'un Sidhe, peut-être. Se pourrait-il qu'il vienne de Moranaia ? Cet homme ne ressemblait à aucun des guides qui étaient venus observer ses faits et gestes par le passé.

— Pas lui, finit par répondre Delbin.

— Allez, quoi, dit Grunge avec un sourire narquois, en frappant le côté de la cuve d'une main. Avec ses grands airs, il va sûrement nous rendre riches à essayer de te foutre à l'eau.

— Il a plutôt l'air du genre à me poignarder dans une ruelle, mon vieux, rétorqua Delbin en veillant à garder un ton léger malgré son estomac serré.

Une énergie lugubre tournoyait autour de l'elfe, si épaisse que même les humains s'écartaient sur son passage. La gorge serrée, Delbin faillit s'effondrer de soulagement à la vue des trois étudiants qui avaient les yeux tournés vers le tombe-à-l'eau. Il se tourna sur son perchoir et se concentra sur le trio. Quelle que soit la raison de la présence de l'elfe ici, Delbin ne voulait pas être impliqué.

Il se redressa sur son perchoir et recommença à balancer des insultes.

BOUCHE BÉE, INONA REGARDAIT FIXEMENT L'ÉTRANGE ÉTALAGE DE structures métalliques et de lumières clignotantes. Où était-elle tombée ? Elle resserra sa main autour de la petite pierre qui lui servait de guide, mais la fine volute d'énergie ne faiblit pas.

Delbin Rayac était ici, aucun doute là-dessus. Inona serra les dents alors qu'une vague d'acclamations déferlait sur elle, ponctuée de cris et de hurlements. Cet endroit grouillait d'humains. C'était sa façon de se montrer discret ? Coric savait-il que leur exilé se trouverait dans un lieu si fréquenté ?

Une brise soudaine vint fouetter Inona, refroidissant la sueur qui couvrait sa chemise après sa longue marche. Le vent apporta avec lui un mélange de senteurs qu'elle aurait été incapable de décrire. Un arôme à la fois sucré, épicé, acidulé, salé – des saveurs qu'elle connaissait. Mais de quel genre de nourriture émanait un si curieux mélange ? Elle balaya du regard la foule qui se trouvait au-delà du portail et aperçut une petite fille en train de manger un truc bleu vaporeux qu'elle tenait à la main par du papier roulé en forme de cône. Ce n'était quand même pas censé être comestible ?

Inona posa les yeux sur la pancarte aux lumières clignotantes surmontant le portail. *Foire ambulante de Wilde.* Une foire ambulante ? Malgré ses visites assez fréquentes du monde moderne des humains, cette appellation lui faisait plutôt penser à des chariots et à des tentes. Elle passa en revue les imposantes structures métalliques, dont beaucoup comportaient des éléments mobiles. Des coupelles géantes décrivaient des cercles ou montaient et descendaient des collines artificielles à vive allure. Il y avait même une roue géante avec des sièges suspendus. On était loin des carnavals d'antan avec leurs artistes téméraires et leurs curieuses ménageries.

— Vous allez entrer ou pas ? l'interpella une voix.

Le regard d'Inona se braqua sur une humaine en train de sortir un sac poubelle d'un conteneur à proximité. Avec un bref hochement de tête, elle répondit :

— Oui, désolée. Cet endroit a l'air vraiment spectaculaire.

— C'est exactement ce que Grunge veut, dit l'humaine d'une voix enjouée empreinte d'affection.

Inona hocha de nouveau la tête en s'efforçant de sourire.

— J'ai hâte.

Ah, malédiction ! Sa peau dorée s'échauffa alors qu'elle se dirigeait vers le guichet d'un pas nonchalant. Cela faisait des années qu'on ne l'avait pas surprise bouche bée devant quelque chose, et attirer ainsi l'attention sur elle pourrait lui coûter cher dans un endroit aussi fréquenté. Ce n'était cependant pas le moment de s'en inquiéter. Inona fit de son mieux pour mettre son embarras de côté tandis qu'elle fouillait l'une de ses poches à la recherche de papiers de monnaie humaine.

— Dix dollars pour l'entrée et deux tours de manège gratuits, annonça un adolescent depuis son siège dans le guichet, les yeux rivés sur un rectangle brillant dans sa main. Vingt pour un pass de deux heures. Trente pour les manèges à volonté toute la journée.

— Je ne suis pas ici pour les manèges, répondit Inona en triant les papiers numérotés.

Le regard de l'adolescent fusa vers son visage au son de sa voix, et il écarquilla les yeux.

— OK. Hmm…

Inona lui tendit un coupon avec un « 10 » inscrit dans le coin et le laissa attacher un bracelet en papier autour de son poignet. S'agissait-il d'une sorte de dispositif de sécurité chez les humains ? Elle sourit en regardant la fine bande bleue, et le garçon recula brusquement, visiblement intimidé. Le sourire d'Inona s'élargit devant son regard empreint de désir.

Trop vieille pour toi, songea-t-elle. Elle le salua de manière désinvolte avant d'aller se mêler à la foule. *Des siècles trop vieille.*

Inona se retrouva entourée de musiques discordantes et de voix excitées, ponctuées par les cris plaintifs d'un enfant. Elle sourit en avisant le gamin qui se roulait dans la poussière, son petit doigt levé vers les voitures miniatures exposées dans un stand. Son petit frère s'était comporté de manière similaire la première fois qu'on l'avait emmené au festival du solstice d'été.

Et la deuxième fois. Ses épaules se détendirent à ce souvenir. Certaines choses transcendaient les mondes.

Il faudrait qu'elle lui rappelle ces moments-là la prochaine fois qu'il lui reprocherait d'avoir quitté les plaines.

Un craquement sec, suivi d'un *splash* et d'acclamations sonores, attira l'attention d'Inona. Mais quelque chose l'interpella dans ces bruits, une intonation dans les cris qui détonnait avec l'ambiance festive des lieux. Sa main vint se poser sur le poignard dissimulé dans sa poche tandis qu'elle balayait les environs du regard à la recherche de la source de ce remue-ménage. Et… là. Trois jeunes hommes se félicitaient mutuellement en se tapant dans les mains et en entrechoquant leurs poings à côté d'un stand avec une base carrée surmontée d'une cage.

Une cage ?

Inona commença à s'approcher avant de s'arrêter à quelques pas du stand, lorsqu'un homme se hissa sur un petit siège derrière les barreaux. Ses vêtements trempés étaient plaqués contre son corps et l'eau ruisselait le long de ses avant-bras musclés. Sans y penser, Inona s'humecta les lèvres. Puis son regard se posa sur son visage et elle étouffa une exclamation de surprise, le cœur galopant.

De grosses lèvres rouges. Des dents pointues. Des yeux cerclés de couleurs vives. La présence de la cage était peut-être justifiée.

Les doigts d'Inona agrippèrent le manche de son poignard, prêts à le tirer de sa cachette en un éclair. Si les humains ne parvenaient pas à éliminer cette menace, elle-même en était assurément capable. Mais l'homme difforme secoua alors la tête, faisant gicler des gouttes de ses cheveux bleus ébouriffés, avant de glisser un doigt sous… sa peau. Inona plissa les yeux pour mieux voir et un éclat de rire lui échappa lorsqu'elle réalisa qu'il portait un masque. Quelle que soit l'atrocité sur laquelle s'étaient basés les humains pour créer ce faciès-là, elle ne voudrait pas l'avoir en face d'elle.

Le plus pénible dans ce boulot, c'est de se faire tremper, se dit Delbin. Oh, la brise soufflant sur ses vêtements mouillés le rafraîchissait pendant un moment. Mais l'humidité se joignait ensuite à la fête, et le tissu serré de façon désagréable autour de ses membres lui irritait la peau. Il grimaça sous son masque tandis que la bande d'ados hilares s'éloignaient d'un pas nonchalant en se moquant ouvertement de lui. Puis il poussa un soupir et commença à chercher sa prochaine cible parmi la foule.

En bordure de la petite clairière, une femme attira son regard. Ses cheveux couleur miel étaient presque aussi dorés que sa peau, une combinaison singulière par ici. La plupart des humains avec une telle complexion avaient une chevelure foncée. Delbin reporta son attention sur son t-shirt moulant et son jean ajusté. Des muscles secs, des courbes juste au bon endroit... *Ouah !* Il ne verrait aucun inconvénient à ce qu'elle reste là toute la journée à essayer de le mettre à l'eau.

— Hé, m'dame ! l'interpella-t-il, l'incitant à tourner les yeux vers lui. Z'êtes là pour passer un bon moment ?

Avec des enfants partout, Delbin devait faire attention à la nature de ses provocations, mais il voyait bien qu'elle n'avait pas manqué la note suggestive dans sa voix. Elle rougit et pinça les lèvres. Comme à son habitude, il projeta une volute de magie en toute discrétion, à la recherche d'une faiblesse qu'il pourrait l'aider à surmonter. La meilleure partie de son boulot.

Jusqu'à ce que sa magie se heurte aux boucliers mentaux de la femme. Les yeux de cette dernière se mirent à flamboyer de fureur et de puissance contenue devant sa tentative d'intrusion, et Delbin se figea. *Quel abruti !* Elle n'était pas humaine.

Comment avait-il pu ne pas le remarquer ? Elle prit une grande inspiration et il regarda de nouveau sa poitrine. Il afficha un air contrit sous son masque. Voilà pourquoi. Il savait pourtant qu'il ne devait pas se laisser distraire à ce point, bon sang !

Focalisé comme il l'était sur la femme elfe, le coup brusque sur le côté de la cuve le prit par surprise.

— Terminé pour le moment, lui dit Grunge.

Pour une fois, Delbin ne se sentit pas profondément soulagé par cette annonce. La femme avait les yeux rivés sur lui alors qu'il pivotait sur son siège et descendait de son perchoir. Jetant un œil à l'angle du stand, il vit qu'elle n'avait pas bougé d'un pouce. Mauvais signe. Il n'était pas censé utiliser sa magie en présence d'humains, et le regard sévère de la femme lui indiquait qu'elle le savait. Venait-elle de Moranaia ?

Il repensa à l'homme qu'il avait vu un peu plus tôt. Quelle était la probabilité de tomber sur deux non-humains en moins d'une heure ? Les guides chargés de surveiller les exilés voyageaient rarement en binôme, et depuis qu'il était dans le circuit, Delbin pouvait compter sur les doigts de la main les fois où il avait rencontré un être féerique ou un sang-mêlé. La plupart travaillaient dans les foires. Ou les dirigeaient, comme Grunge.

L'estomac noué, Delbin recula pour aller se mettre hors de vue derrière la cuve. Il adressa un bref hochement de tête à Grunge et Charlie, un géant de presque deux mètres qui veillait à ce que les guignols comme Delbin ne se fassent pas agresser en rejoignant la tente des employés. Il ne se retourna pas pour regarder la femme, mais ses épaules se raidirent sous son regard perçant dans son dos. Avec la présence des deux autres hommes, elle n'oserait pas s'approcher. Tout comme les quelques personnes qui lui lançaient des regards noirs après avoir eu affaire à lui au tombe-à-l'eau.

Delbin n'avait plus qu'à espérer que la femme ne serait pas capable de l'identifier une fois qu'il aurait enlevé son masque.

CHAPITRE DEUX

Lorsque la magie de l'homme se heurta à ses boucliers mentaux, la pierre devint chaude dans la main d'Inona, l'identifiant comme sa cible. Lançant un regard noir dans son dos alors qu'il s'éloignait, elle marmonna un juron. Oh, elle avait trouvé son exilé, très bien. *Exerçant sa magie sur autrui comme si de rien n'était.* Coric n'aurait pas laissé passer ça. Inona se dit que Delbin aurait pu devenir un renégat depuis le dernier contrôle de son collègue, qui remontait à quelques années, mais Coric n'avait jamais laissé entendre que Delbin risquait de se comporter de la sorte.

Se pourrait-il que cet incident ait été purement fortuit ?

Inona s'efforça d'afficher un air décontracté et se mit à déambuler dans l'allée en feignant de s'intéresser aux stands et aux manèges devant lesquels elle passait. Grâce à sa pierre de pistage, elle n'avait pas besoin de suivre sa proie de trop près. S'il réalisait qu'elle avait été envoyée pour le surveiller et qu'il tentait de quitter les lieux, elle le saurait aussitôt. Malgré son apparente forme physique, il ne pourrait pas la semer. Et *elle* avait l'autorisation d'utiliser sa magie contre lui, tant que les humains ne le remarquaient pas.

11

BETHANY ADAMS

Tout au bout de l'allée centrale, Delbin se réfugia dans une grande tente plantée sur le côté. Afin de se fondre dans la masse tandis qu'elle le guettait, Inona acheta l'un de ces cônes surmontés d'un nuage coloré. Puis elle s'installa à la table la plus proche et inspecta l'étrange friandise. Elle avait vu la plupart des gens arracher des petits morceaux sur le dessus pour les manger, alors elle fit de même.

Inona hoqueta alors qu'une saveur sucrée explosait sur sa langue. Bon sang, c'était trop ! Elle déglutit avec peine, les yeux larmoyants, et souhaita vivement avoir quelque chose à boire. De la bière. N'importe quoi. Les humains avaient-ils extrait jusqu'à la dernière goutte de nectar des plantes pour le condenser dans... ça ? Elle regarda autour d'elle pour trouver une poubelle. Les humains donnaient peut-être ce truc à leurs enfants, mais *elle* n'était pas obligée de le manger.

Tant pis pour son intégration.

Alors qu'Inona jetait le nectar bleu vaporeux dans une poubelle à moitié remplie, un curieux frisson la parcourut. Elle s'immobilisa, tentant d'identifier la source de cette sensation. Ses boucliers étaient intacts, et lorsqu'elle balaya attentivement les environs du regard, elle ne vit rien d'autre qu'une foule d'humains. L'air était pourtant chargé subitement, vibrant d'une énergie lugubre qui flottait dans sa direction depuis un point au-delà de la grande tente.

Ce n'était assurément pas Delbin. Elle n'avait rien ressenti de tel face à la volute de pouvoir qu'il avait projetée vers elle. La gorge serrée, Inona agrippa une fois de plus le manche de son poignard. Elle invoqua son pouvoir, jeta un coup d'œil autour d'elle pour s'assurer que personne ne la regardait, et jeta un simple sort de camouflage. Ce dernier ne la dissimulerait pas longtemps aux yeux de la personne qui maniait une telle magie noire, mais suffisamment pour lui permettre de se faufiler jusqu'à l'angle du stand le plus proche de la tente sans qu'aucun humain la voie. Du moins l'espérait-elle.

12

DELBIN LANÇA UN REGARD FURTIF PAR-DESSUS SON ÉPAULE AVANT d'ouvrir le rabat de la porte arrière de la tente du personnel. Il avait déjà jeté un coup d'œil par la porte avant et avait aperçu la femme en train de jeter une barbe à papa à la poubelle. Le fait qu'elle soit encore là pourrait être une coïncidence, mais il n'était pas prêt à parier dessus. Heureusement que la tente était dotée de plusieurs accès. Il esquissa un sourire en remettant le rabat en place, puis se tourna vers la rangée de remorques à l'arrière du terrain.

Pour finalement s'arrêter net à la vue de l'homme adossé contre un arbre à seulement quelques pas de là. Le même type qu'il avait vu plus tôt.

Oh, bon sang. Delbin demeura cloué sur place, parvenant à peine à réprimer un frisson alors qu'une vague d'énergie lugubre émanait de l'autre elfe. Car il s'agissait bien d'un elfe, qui ne s'efforçait même pas de dissimuler ses oreilles pointues sous sa longue chevelure noire. Delbin s'était dit que l'inconnu ne l'avait pas remarqué auparavant, mais il s'était clairement trompé. L'elfe afficha un grand sourire en s'avançant vers lui.

— Quel plaisir de voir l'un de mes frères, dit l'inconnu d'une voix avenante, de prime abord du moins. À qui ai-je l'honneur ?

Tous les poils du corps de Delbin se hérissèrent en dépit de la courtoisie apparente de la requête. Quelque chose n'allait pas ici. Vraiment pas. Les non-humains vivant sur terre comme ceux de passage faisaient pratiquement tous profil bas. En ce moment même, les êtres féeriques travaillant à la foire de Grunge pouvaient se compter sur les doigts de la main, et aucun d'entre eux ne s'affichait ouvertement devant les humains. Ce qui se passait ici était loin d'être normal.

— Je pourrais demander la même chose. Les visiteurs ne sont pas censés se trouver dans les coulisses de la foire.

— Ah, oui. Le règlement. (Le sourire de l'elfe s'élargit.) Je suis *Moranai Dakiorn i Kien Moreln nai Moranaia*. Ton futur roi.

Le cœur de Delbin fit un bond devant ces propos sirupeux. Kien, le prince exilé ? Il avait été banni de Moranaia un bon siècle avant Delbin. Mais Kien avait utilisé le titre de *dakiorn*, fils cadet et héritier du roi. Les choses avaient-elles changé dans leur monde natal durant ces dernières années, ou le prince prévoyait-il de les faire changer ? Étant donné la nature de l'énergie dans l'air... *Oui, je vais opter pour la seconde hypothèse.*

— Pour autant que quiconque puisse être mon roi ici, sur Terre, finit par répondre Delbin.

Le prince pinça les lèvres de contrariété.

— Tu réfutes l'autorité de la maison royale ?

Delbin fit non de la tête avec un reniflement de dérision.

— Je respecte toujours nos lois. (*La plupart du temps*, songea-t-il.) Mais vous savez aussi bien que moi que les Moranaiens se soucient peu des exilés.

Une dure vérité. Même le frère que Delbin avait sauvé ne s'était jamais inquiété de savoir ce qu'il était devenu. Le prince Kien était de nouveau souriant, et Delbin mit de côté sa rancœur envers ses proches. Il ne pouvait pas se laisser distraire en présence de quelqu'un d'aussi dangereux. Quoi que le prince veuille, son objectif n'était certainement pas de faire appliquer les lois de Moranaia.

— Je m'en soucie, dit Kien. Rejoins mon cercle, et tu en auras la preuve.

— De quel cercle est-il question ? l'interpella une voix qui incita les deux hommes à se tourner vers la source.

La femme. Delbin maugréa intérieurement en l'apercevant à l'angle de la tente, carrant les épaules, avec les mains dans les poches. À quoi jouait-elle ? Elle portait un t-shirt et un jean, pas une armure. À moins qu'il s'agisse d'un mage, elle était vulnérable. Il ouvrit la bouche pour la prier de quitter les lieux au plus vite, mais l'éclat de rire tonitruant du prince l'arrêta net. La femme se redressa davantage d'un air résolu.

— Une guide si loin de chez elle, dit le prince Kien d'une voix traînante. Tu comptes découvrir mes secrets ? Tu pourras dire à ton seigneur, Lyrnis Dianore, que je viendrai le trouver bien assez tôt.

La femme retira ses mains de ses poches, et Delbin demeura bouche bée devant les poignards qu'elle venait de sortir de... quelque part.

— Pas si je peux l'empêcher.

OK, pas si vulnérable que ça apparemment.

Le prince ricana.

— Je vais devoir m'occuper de toi plus tard. (Son regard se tourna vers Delbin.) Quant à toi, on se reverra. Réfléchis à ma proposition.

Alors que la femme s'élançait en avant, le prince Kien disparut. Envolé comme s'il n'avait jamais été là. Delbin poussa un juron. Comment avait-il pu se laisser berner par une illusion ? Avec la puissance de sa magie mentale, il pouvait généralement déceler l'absence d'une véritable présence. Le prince était sans doute capable de projeter quelque chose de plus élaboré qu'une simple image de son corps physique. S'était-il réellement trouvé dans la foule plus tôt ou s'agissait-il également d'une illusion ?

Delbin libéra son pouvoir avec plus d'intensité qu'en temps normal pour tenter de pister l'énergie de Kien. Mais il n'en perçut qu'une bribe disparaissant derrière les caravanes à l'arrière du terrain.

— Eh bien, ça sortait de l'ordinaire, dit-il à la femme alors qu'elle s'arrêtait à sa hauteur.

— Delbin Rayac, il semblerait qu'une discussion s'impose. (Son regard se posa brièvement sur la toile de tente peu épaisse avant de revenir sur lui.) En privé.

Ah, bon sang, elle connaissait son nom. Il s'agissait bel et bien d'une éclaireuse venant de Moranaia. Mais si elle était venue pour vérifier qu'il ne faisait rien de répréhensible, qu'en était-il de… ?

— Où est Coric ? Est-ce qu'il lui est arrivé quelque chose ?

La femme cligna des yeux, perplexe devant son ton pressant.

— Il va bien. Il est en congé pour la naissance de son premier enfant.

Delbin soupira de soulagement. *Les dieux soient loués !* Même si Coric avait été chargé de le garder dans le rang, il le considérait comme son ami le plus loyal. Seuls Coric et le seigneur Moren connaissaient la vérité derrière son exil. Puis Delbin enregistra le reste de la réponse de la femme, et il sourit.

Son premier enfant. Coric et Fena avaient espéré l'arrivée d'un enfant durant des décennies. Il devait être surexcité.

— Vous allez devoir lui transmettre mes félicitations lorsque vous rentrerez.

— Vous aurez peut-être l'occasion de le faire vous-même, grommela-t-elle en agitant l'un de ses poignards en direction des remorques. Si l'un de ces machins est à vous, allons-y. Je dois décider de ce que je vais faire de vous.

Les choses se présentaient mal. L'air contrarié, Delbin se mit en route pour traverser le terrain.

— Si j'étais vous, je rangerais les couteaux. Nous avons du personnel de sécurité, vous savez.

La femme ne répondit pas, mais rempocha tout de même les poignards alors qu'elle marchait à son côté. Comment faisait-elle ça ? Son jean bien ajusté ne présentait aucun renflement révélateur, rien qui indiquait qu'elle pouvait être armée. Delbin se passa une main dans les cheveux, un sourire nerveux aux lèvres. Cachait-elle d'autres armes sous ses vêtements terriens si sommaires ?

Il balaya le corps de la femme du regard de façon impulsive, avant de se forcer à reporter son attention sur le regroupement de remorques. Ce n'était pas la peine de s'intéresser à une femme moranaienne – et encore moins à une guide qui avait manifestement une dent contre lui. Coric n'aurait pas révélé les secrets de Delbin, donc elle ne pouvait absolument pas savoir pourquoi il avait été exilé. Elle le voyait probablement comme un tire-au-flanc ou un hors-la-loi, une personne qui ne méritait pas de vivre à Moranaia.

Delbin lui fit contourner les quelques remorques qui dissimulaient la majeure partie du campement à la vue des visiteurs de la foire. Deux des petites caravanes appartenaient à des familles, et une troisième était celle de Grunge. La plus grande faisait office de dortoir. Mais ce n'était pas du goût de Delbin. Réprimant un sourire devant l'expression pincée de la femme, il salua les deux travailleurs en train de déjeuner autour d'un petit feu de camp alors qu'il se dirigeait vers la rangée de tentes à l'autre bout du terrain.

Lorsqu'il s'arrêta devant la sienne, il ne put se contenir davantage et affiché un large sourire. Le regard incrédule qu'elle lui lança n'avait pas de prix.

— Qu'est-ce qui ne va pas ? demanda-t-il d'un ton faussement innocent.

— J'avais dit « en privé », rétorqua-t-elle sèchement en désignant la tente d'un geste brusque. Vous savez pertinemment qu'on ne peut pas parler librement ici.

Bon, il n'avait jamais été très doué pour jouer les innocents. Haussant les épaules, il désigna un véhicule du pouce par-dessus son épaule.

— On peut aller dans le pick-up.

— Le...

La femme regarda le véhicule en question d'un air suspicieux. Delbin pouvait pratiquement la voir peser le pour et le contre entre le risque de se retrouver dans un espace clos et l'avantage de pouvoir le questionner sans qu'on puisse les entendre. Elle finit par acquiescer d'un hochement de tête.

— D'accord.

INONA SENTIT SES JOUES S'ÉCHAUFFER ALORS QU'ELLE TIRAIT SANS succès sur la poignée de la portière. Elle avait déjà utilisé des véhicules humains à quelques reprises au cours de ses missions, mais seulement des moyens de transport en commun, tous de conception similaire. Elle n'avait eu qu'à tirer sur la poignée encastrée dans la porte. Pourquoi ça ne marchait pas cette fois ?

Elle sentit un tapotement sur son épaule et tourna la tête pour se retrouver face à Delbin, qui la dévisageait avec un sourire en coin. Il leva un petit porte-clés devant lui et le secoua.

— Il est fermé à clé.

Delbin s'approcha et se pencha en avant, son torse effleurant le dos d'Inona alors qu'il glissait la clé dans la serrure. Bon sang. Cette action était supposément innocente, mais elle ne put réprimer un soudain élan de désir – réciproque, à en juger par la brusque inspiration de Delbin et la tension subitement perceptible chez lui.

Les joues en feu, Inona s'écarta aussitôt, hors de portée de son emprise. Elle releva le menton devant le sourire arrogant que Delbin lui lança. Hors de question qu'elle reconnaisse ce qui venait de se passer. Qu'est-ce qui clochait chez elle ? Elle ne pouvait pas s'autoriser une quelconque attraction pour un autre bon à rien. Le fumiste qu'elle avait connu par le passé lui avait largement suffi.

Delbin se contenta de sourire d'un air satisfait et ouvrit la portière rouillée, le grincement du métal contre le métal résonnant dans l'air. Lorsqu'il l'invita à entrer d'un geste exagéré, Inona releva fièrement la tête et prit place sur le cuir craquelé et gondolé du siège. La portière grinça de nouveau de contrariété lorsqu'il la referma d'un geste sec, avant de contourner le véhicule par l'avant pour aller s'installer de l'autre côté.

Inona attendit qu'ils soient complètement isolés du monde extérieur pour se tourner vers Delbin.

— C'est ici que vous vivez ?

— On peut dire ça, oui, répondit-il en hochant gaiement la tête.

Delbin mit la clé de contact dans le cylindre et la tourna. Le moteur démarra dans un rugissement et de l'air prodigieusement frais se déversa dans l'habitacle au travers de panneaux dans le tableau de bord.

— On voyage dans tout le pays pour installer notre foire ici et là. La tente est à moi, donc je vais camper dans le sud en général, quand la saison est terminée.

Elle haussa un sourcil, visiblement interloquée.

— Vous travaillez tant que ça ?

— Tous les jours, affirma-t-il sans plus aucune trace d'humour dans son expression. On démonte les stands et les manèges demain, et on remballe tout pour notre prochain arrêt. C'est une vie rude, mais qui convient à quelqu'un de différent.

Inona le regarda sans ciller. S'il était prêt à travailler, pourquoi ne pas l'avoir fait à Moranaia ? Il avait été répertorié comme un tire-au-flanc, quelqu'un qui refusait de contribuer à la société. Avait-il sous-estimé les efforts qu'il devrait fournir en travaillant à la foire ? *Probablement.* Delbin sourit de nouveau, mais un soupçon de tristesse s'attarda dans ses yeux bleu clair.

Elle tourna son regard vers la fenêtre.

— Vous venez d'une famille honnête et travailleuse, toujours prête à…

— Inutile d'impliquer mes proches là-dedans, l'interrompit sèchement Delbin. Je sais ce que vous pensez de moi, mais je ne me justifierai pas auprès de vous. Je ne connais même pas votre nom.

— Inona, répondit-elle. *Callian iy'dianore sonal i Inona Eman nai Braelyn.*

— Eh bien, Inona, avez-vous l'intention de me traîner jusqu'à Moranaia pour l'ignoble crime que j'ai commis ?

Elle cligna des yeux, abasourdie par le ton amer et mordant

de ses paroles, en totale contradiction avec l'attitude décontractée qu'il avait affichée jusque-là.

— Ce ne sera peut-être pas nécessaire si vous avez une explication plausible au fait que vous utilisiez votre magie sur les humains.

Delbin passa une main dans ses cheveux blonds coupés court.

— Écoutez, je ne fais de mal à personne. Je n'ai jamais porté atteinte au libre arbitre de quiconque et je n'ai jamais pris le contrôle d'un seul humain. Je ne fais qu'effleurer leur esprit avec la plus grande légèreté, exactement comme si je leur murmurais quelque chose à l'oreille.

Inona l'observa pendant un instant. Était-il vraiment en train de rougir ?

— Pourquoi faites-vous ça ?

— Certains humains sont trop durs envers eux-mêmes. (Il haussa les épaules devant l'air interrogateur de la femme.) Grunge m'a confié le tombe-à-l'eau. Mon boulot consiste à balancer des insultes jusqu'à ce que les passants se mettent en colère et déboursent de l'argent pour tenter de me faire plonger. Et certains ont besoin de ça. Ils peuvent vaincre leur ennemi et en retirent une certaine fierté. Mais les autres, ceux qui ne relèvent pas le défi, je ne peux pas simplement les laisser partir avec mes insultes en tête.

Inona demeura muette pendant un instant. La façon dont il voyait les choses était si... altruiste. Si différente de ce à quoi elle se serait attendue de la part d'un exilé, d'un tire-au-flanc.

— Vous utilisez votre magie pour que les gens se sentent mieux dans leur peau ?

— Il faut bien qu'elle serve à quelque chose, répondit Delbin, les joues désormais indéniablement rouges.

— Est-ce que Coric était au courant de ça ?

Delbin fit non de la tête.

— La dernière fois qu'il est venu, j'étais responsable de la grande roue.

— Je vois.

Inona fit courir ses doigts sur le tableau de bord cabossé devant elle tandis qu'elle réfléchissait à ce qu'elle allait faire. Il ne semblait pas faire le moindre mal, et la magie en elle-même n'était pas interdite, du moment que son utilisation s'avérait discrète, morale, et nécessaire pour survivre. Mais pourquoi s'était-il entretenu avec le prince ?

— Ça n'explique pas votre lien avec Kien.

— Je n'ai aucun lien avec lui, se défendit Delbin, les paumes levées devant lui. Je ne l'avais jamais vu avant aujourd'hui.

— Vraiment ? demanda Inona. Drôle de coïncidence, quand même.

Delbin se tourna face à elle sur la banquette.

— Aux dernières nouvelles, il avait été exilé dans une quelconque dimension éloignée, mais ça fait un moment que je ne m'inquiète plus vraiment de ce qui se passe à Moranaia. Pourquoi s'est-il présenté comme l'héritier du trône ?

Inona faillit s'étrangler.

— Il s'est présenté comme *quoi* ?

— Il s'est attribué le titre de *dakiorn*. Vous ne l'avez pas entendu ?

— *Miaran !* jura-t-elle.

Tous les éclaireurs en partance pour la Terre avaient été prévenus de faire attention à Kien après sa tentative de faire assassiner le seigneur Lyr. Mais Inona n'occupait pas un poste assez élevé pour connaître les détails. Est-ce que quelque chose d'autre se tramait ici ?

— Je l'ai entendu dire que vous devriez rejoindre son cercle. Que savez-vous là-dessus ?

Delbin se pencha en avant, l'expression sincère.

— Rien. L'énergie est étrange par ici depuis quelques années, mais je n'ai jamais entendu parler d'un quelconque cercle. Que se passe-t-il ?

Devrait-elle lui dire ? Delbin pourrait mentir à propos de son implication. Il avait bel et bien été exilé, après tout. Mais quelque chose chez lui défiait les préjugés et la poussait à lui faire confiance. Quel criminel ou tire-au-flanc se donnerait du mal pour renforcer l'estime de soi de parfaits inconnus ? Rien n'avait de sens dans cette mission.

Et si Delbin était innocent, pourquoi Kien l'avait-il abordé ?

Sa décision prise, Inona se tourna de côté sur son siège.

— Kien a tenté de faire assassiner le seigneur Lyr. On nous a avertis de rester sur nos gardes vis-à-vis de lui lors de nos missions sur Terre.

Delbin plissa le front d'un air perplexe.

— L'assassiner ? Les exilés ne peuvent pas franchir le portail vers Moranaia. Quel serait l'intérêt ?

— Je ne sais pas. Le *myern* ne se confie pas à moi.

Un silence s'installa. Visiblement pensif, Delbin pianotait sur son genou. Inona perçut alors un mouvement derrière la fenêtre dans le dos de son interlocuteur et elle ouvrit la bouche pour le prévenir juste au moment où un homme aux cheveux gris ébouriffés commençait à taper du poing contre la vitre. Delbin se tourna sur son siège, les épaules crispées, puis ricana de soulagement. Il fit tourner une poignée encastrée dans la porte et la vitre s'abaissa.

— Un problème, Grunge ? demanda Delbin.

— J'ai b'soin que tu t'occupes des billets aux soucoupes tournantes, dit l'homme plus âgé. La fille de Meggie est tombée malade, alors on manque de bras.

Delbin tourna la tête vers Inona en fronçant les sourcils.

— Et mon amie ? Elle ne va pas rester longtemps et je lui avais dit que je prendrais une pause. Ça t'embête si elle vient avec moi ?

— Non, vas-y, répondit Grunge en adressant un clin d'œil à Inona. Si elle bosse, je la paierai aussi.

Avant qu'Inona puisse protester, le vieil homme s'en alla en fredonnant un air joyeux. Haussant les épaules, Delbin remonta la fenêtre et coupa le moteur du pick-up.

— Autant profiter de la foire pendant que vous réfléchissez à ce que vous allez faire de moi. Les soucoupes tournantes, c'est quelque chose.

Inona agrippa le poignet de Delbin, l'arrêtant avant qu'il ouvre la portière.

— Je ne vais pas vous dénoncer pour avoir utilisé votre magie de cette façon-là, dit-elle à voix basse. Mais je dois rester dans le coin. Je veux voir ce que je peux découvrir à propos de Kien.

Delbin hocha la tête d'un air approbateur.

— Je vais pouvoir vous aider.

Un exilé qui proposait son aide ? S'il se souciait de Moranaia, n'aurait-il pas fait tout ce qu'il pouvait pour y rester ? Mais alors qu'il la regardait dans les yeux, elle ne put s'empêcher d'acquiescer d'un signe de tête.

— Peut-être bien.

CHAPITRE TROIS

Des hurlements d'excitation stridents emplissaient l'air tandis que Delbin se dirigeait vers les soucoupes tournantes en compagnie d'Inona. Elle avait l'air pensive, les traits légèrement crispés, alors que son regard balayait la foire. Il pouvait très bien imaginer pourquoi. Dans les festivals moranaiens, on trouvait de la nourriture et des attractions, mais rien de comparable à ce qui se passait ici. Pas de lumières clignotantes ou de manèges à sensations fortes. Et certainement pas autant d'enfants, étant donné que les elfes se reproduisaient bien plus lentement.

Puis Inona reporta son attention sur Delbin, et le cœur de ce dernier fit un bond étrange. Elle se posait peut-être aussi des questions à son sujet. Sur son visage, il avait vu avec une grande clarté ce qu'elle pensait de lui – ou du moins avait-il pu le voir avant leur conversation dans le pick-up. Moranaia était un monde extraordinaire. Les besoins essentiels de tous ceux qui étaient prêts à contribuer à la société étaient assurés, y compris la nourriture et le logement. Les exilés comme lui étaient rares, surtout quand le bannissement sur Terre était la seule alternative.

La magie était tellement plus faible et moins accessible ici. La plupart des tire-au-flanc ne tenaient pas longtemps.

Mais à présent... Inona ne le regardait plus avec autant de mépris. Avait-elle deviné qu'il y avait quelque chose d'autre derrière son statut actuel ? Delbin serra la mâchoire en se demandant cela. Il valait mieux qu'elle n'en sache rien. Son exil garantissait la sécurité de sa famille. Tout pourrait s'écrouler si trop de questions étaient posées et que des rumeurs parvenaient jusqu'aux oreilles d'Allafon.

— Vous sentez que quelque chose cloche ?

Delbin sursauta à la question d'Inona.

— Non. Pourquoi me demandez-vous ça ?

— On dirait que vous marchez vers l'échafaud au lieu d'un manège de foire, dit-elle sur le ton de la plaisanterie.

Son commentaire le fit rire. Elle était perspicace.

— Ah. Je pensais à ma famille. Ce qui m'arrive rarement.

Inona ralentit le pas.

— Pourquoi ?

— Pourquoi je pensais à eux ? Ou pourquoi ça m'arrive rarement ? (Il sourit devant le regard qu'elle lui lança.) Votre présence m'a poussé à me demander s'ils allaient bien. Mon frère doit avoir plus de cent ans à présent, et j'ai raté presque tous les événements marquants de sa vie. J'essaie de ne pas penser aux êtres chers que je ne reverrai jamais.

— Votre frère ?

Elle s'arrêta complètement, agrippant de nouveau son bras jusqu'à ce qu'il se tourne vers elle.

— Le dossier que j'ai reçu ne mentionnait pas l'existence d'un frère.

Delbin fut assailli par un vertige qui dura un bon moment. Il se força à respirer et à ne pas réagir.

— Ce n'était qu'un enfant quand je suis parti. Son nom n'a peut-être pas été inclus.

— Je... (Elle détourna ses yeux assombris des siens.) Peut-être.

Elle n'y croyait pas une seconde, et soudain, Delbin n'était lui-même plus très sûr de rien. Allafon avait-il quand même fini par tuer son frère ? Avait-il fait tout cela pour rien ? Ses épaules s'affaissèrent alors que cette possibilité lui traversait l'esprit. Le seigneur Moren avait juré que son frère serait en sécurité. Qu'est-ce qui avait mal tourné ? Coric n'avait jamais évoqué un quelconque problème.

— Je suis désolée, murmura Inona. Je vais essayer de me renseigner quand je rentrerai.

Delbin trébucha alors qu'ils se dirigeaient vers les soucoupes tournantes en traînant les pieds. Cette partie de la foire, emplie de lumières et de rires, le mettait habituellement de bonne humeur, mais chacun de ses regards semblait se poser sur quelque chose de peu réjouissant. Des poubelles dont les sacs devaient être changés. Une enfant qui pleurait parce qu'elle n'avait pas gagné un jouet. Un cône de glace à moitié mangé tombé dans la terre. Par les dieux de Moranaia, il allait vraiment se mettre à pleurer si ça continuait.

Ils approchaient des soucoupes tournantes et Delbin grimaça au cri perçant d'une femme en provenance du manège. Inona se crispa, glissant sa main dans sa poche comme si elle voulait s'emparer d'un poignard. Il posa une main sur son épaule et fit non de la tête devant son regard interrogateur.

— C'était un cri amusé, pas alarmé.

— Qui pourrait l'affirmer ? marmonna Inona.

Elle retira cependant sa main de sa poche et se détendit.

Delbin contourna la volée de marches encombrée menant à l'entrée de l'attraction et se dirigea vers la guérite de l'opérateur attenante. Il attendit que Tommy arrête le manège et commence à aider les gens à rejoindre la sortie avant d'escalader la barrière pour atterrir avec panache derrière le panneau de contrôle.

Jetant un coup d'œil à Inona, il la trouva en train de hausser les sourcils devant ses pitreries.

— Vous n'auriez pas pu emprunter les marches ?

Une partie de sa mauvaise humeur s'estompa et il sourit d'un air satisfait.

— Plus rapide comme ça.

Inona s'appuya d'une épaule contre le panneau latéral rose et gesticula en direction de la guérite.

— Il n'y a pas de place pour moi là-haut. Qu'est-ce que je suis censée faire ?

Avant que Delbin puisse répondre, Tommy était de retour.

— C'est tout bon. J'vais à la grande roue maintenant. Tu formes une nouvelle ?

— Non. C'est juste une copine.

Si elle voulait aller plus loin, cependant... Non. Delbin chassa cette pensée et prit rapidement congé de Tommy avant que les clients qui faisaient la queue s'impatientent trop.

— À plus tard.

Tommy reluqua Inona lorsqu'il arriva à sa hauteur après être descendu sur le côté, mais il n'avait pas le temps de la draguer. S'ils étaient en manque de bras, Grunge devait être irritable. Inutile de s'attarder plus que nécessaire. Delbin ouvrit le portillon d'entrée, prenant les billets et dirigeant les gens vers les soucoupes. Il dut seulement demander à deux enfants de se tenir près de la toise – les deux étaient heureusement assez grands – avant de pouvoir effectuer le contrôle de sécurité et retourner aux commandes.

— Attention, mesdames et messieurs, gardez bien les deux mains sur la barre de sécurité pendant que le manège est en route, annonça-t-il dans le microphone installé au-dessus du panneau de contrôle. Veuillez rester assis à tout moment et n'essayez pas de descendre de la soucoupe avant que le manège soit complètement à l'arrêt.

Delbin pressa le bouton pour lancer le manège. *Et pour*

l'amour de tout ce qui est divin, par pitié, ne vomissez pas.

À LA NUIT TOMBÉE, INONA ÉTAIT PASSÉ DU DOUTE À LA CERTITUDE en ce qui concernait Delbin – quelque chose clochait chez lui. Il *travaillait*, et il semblait évident qu'il était habitué à cela. Il faisait fonctionner le manège avec une aisance qui ne pouvait qu'être née de l'expérience. Lorsque l'une des soucoupes tournantes avait commencé à présenter un dysfonctionnement, il était monté dedans pour corriger le problème. Il était souriant et discutait avec les gens. Il avait même nettoyé le vomi d'un enfant sans se plaindre.

S'il avait décidé de contribuer à la société, pourquoi n'avait-il pas formulé une requête pour pouvoir revenir à Moranaia ?

Avec un sourire qui se voulait rassurant, Inona demanda à l'enfant suivante d'aller se positionner près de la toise. Comme il n'y avait pas de place pour deux dans la guérite, Delbin l'avait chargée de cette tâche. Elle s'en sortait plutôt bien, jusqu'à ce que...

— Je suis désolée. Tu n'es pas assez grande.

La fillette afficha une moue boudeuse.

— J'ai sept ans. Je suis assez grande !

— Eh bien, ça ne te plairait pas de te faire éjecter du manège, pas vrai ? demanda Inona. (À juste titre, selon elle.) Je ne pense pas que tu pourrais te remettre d'une telle catastrophe.

— Me faire éjecter ?

Quelqu'un toussota derrière elle et Inona se détourna de la fillette subitement pâle pour se retrouver face à Delbin.

— Quoi ? demanda-t-elle.

Elle sentit l'esprit de Delbin effleurer le sien. Mais cette fois, son corps s'échauffa sous le coup d'une réaction qui n'avait vraiment rien de colérique. Faisant appel à tout son sang-froid, elle autorisa ses pensées à la traverser.

— *Arrête de terroriser les humains, Inona.*

Il s'était adressé à elle d'une voix empreinte d'humour, avec cette familiarité qui s'était naturellement installée entre eux. Elle lui lança un regard frustré.

— *Est-ce qu'elle ne devrait pas être mise au courant des risques ?*

— *Peut-être pas de façon aussi... explicite.*

Lorsqu'il toussota de nouveau dans une vaine tentative d'étouffer un rire, Inona rompit la connexion. La fillette était toujours debout à côté d'elle, se mordant la lèvre en regardant fixement le manège. Inona soupira. Elle était peut-être effectivement allée un peu trop loin.

— Je suis désolée. (L'enfant reporta son attention sur elle.) Je plaisantais, c'est tout.

— Ma sœur est dedans, murmura la fillette. Elle est grande. Je crois.

Clechtan ! Inona s'accroupit pour pouvoir regarder la fillette dans les yeux.

— Il ne lui arrivera rien. La seule personne à s'être réellement fait éjecter du manège, c'est ce gars-là, Delbin, et il a l'air d'aller bien.

La fillette en demeura bouche bée et son regard fusa vers Delbin. Puis elle se mit à rire.

— C'est juste une blague, hein ?

Les humains ne monteraient pas dans ces trucs si c'était dangereux, non ? Inona opina de la tête de façon catégorique.

— Tout à fait. Mais tu dois vraiment arriver jusqu'à la marque sur la toise pour pouvoir monter dans le manège.

— Cass ! appela une femme depuis un banc situé à proximité. Je t'ai dit qu'ils ne te laisseraient pas monter. Viens ici en attendant que ta sœur descende.

La fillette s'éloigna d'un pas sautillant en les saluant de la main, sa confiance dans le manège restaurée. Alors que les soucoupes recommençaient à tourner, Inona regarda par-dessus son épaule. Si seulement elle pouvait avoir autant confiance dans l'engin métallique. Mais Delbin ne semblait pas du genre à mener les gens à leur perte. Plus la nuit avançait, plus elle en était certaine. Il n'était pas ce qu'il semblait être.

Une autre employée de la foire arriva enfin pour les remplacer. Une fois descendu de l'attraction, Delbin se retourna vers Stephie.

— Comment va la fille de Meggie ?

— Un peu mieux, répondit la femme. Elle ne devrait pas avoir besoin d'un médecin, Dieu merci.

Delbin hocha la tête et prit la main d'Inona.

— Bien. Ça fait trop longtemps qu'elle économise pour pouvoir acheter sa propre caravane pour que ce genre de misère lui tombe dessus. (Il salua sa collègue de la main.) À plus tard !

Ils marchèrent en silence pendant quelques instants, mais Inona ne put contenir davantage sa curiosité.

— Qu'est-ce que tu voulais dire par « ce genre de misère » ?

— Les guérisseurs ne courent pas les rues ici, expliqua Delbin. L'accès aux soins est différent chez les humains.

Inona serra sa main plus fort.

— Et tu restes ici ? laissa-t-elle échapper.

Delbin afficha une moue penaude.

— Je n'ai pas le choix.

— Personne n'est banni pour toujours. Il suffit d'accepter de vivre selon nos lois pour pouvoir revenir. Ça ne te pose visiblement aucun problème de travailler, ajouta-t-elle d'un ton colérique en désignant les soucoupes tournantes. Avec tes facultés magiques, tu pourrais faire bien des choses à Moranaia. Ne me dis pas que tu n'as pas le choix.

— Ce n'est pas…

Ses paroles moururent sur ses lèvres et il écarquilla les yeux.

— Est-ce que tu sens ça ?

L'estomac d'Inona se serra lorsque le monde environnant se mit à pulser de façon étourdissante pendant quelques minutes qui lui semblèrent interminables. Puis plus rien. Autour d'eux, les humains vaquaient toujours à leurs occupations, sans aucun signe de bouleversement dans leurs expressions. Elle croisa le regard de Delbin.

— Qu'est-ce qui… ?

— Quelque chose vient de perturber l'énergie ici, dit-il d'un air grave. Mais je ne sais pas ce que c'était.

Inona le tira par la main.

— Allons-y, on doit découvrir ce qui s'est passé.

DELBIN SE PRÉCIPITA DANS SA TENTE ET ATTRAPA SON SAC À DOS. Même après cent ans d'une vie sans histoires sur Terre, il avait toujours un sac prêt sous la main en cas d'urgence. Dans ce pays, les humains croyaient peu au surnaturel et les gens, ici en tout cas, n'avaient pas peur d'être brûlés sur le bûcher. Tout danger n'était cependant pas à écarter, car les humains avaient aussi tendance à capturer ou à tuer ce qu'ils ne comprenaient pas. Il devait se tenir prêt à déguerpir s'il venait à être découvert.

Son sac sur une épaule, Delbin marqua un temps d'arrêt. Ses yeux se fermèrent alors qu'il se mettait à suivre la trace de l'énergie singulière à travers la trame magique où toutes les formes de vie étaient interconnectées. Une note discordante, une légère anomalie… Là. Il plissa le front sous l'effort de concentration qu'il faisait pour tenter de le localiser avec précision. Il ne s'agissait pas du portail, un endroit qu'il pouvait aisément identifier. Ils allaient devoir se mettre en route pour trouver la source de cette perturbation.

Delbin sortit de la tente et regarda Inona dans les yeux.

— Ça vient de quelque part au nord, c'est tout ce que je peux dire. Du parc d'État, peut-être.

Inona balaya brièvement les alentours du regard avant de répondre à voix basse.

— On doit trouver l'endroit exact.

Delbin opina de la tête et se dirigea vers le pick-up. Son instinct lui disait d'emmagasiner de l'énergie en vue d'un conflit, mais cette dernière pulsait de façon étrange. Ces derniers temps, il hésitait de plus en plus à utiliser trop de magie dans certains endroits, car il se sentait malade lorsqu'il tentait de se connecter à l'énergie. Pour l'heure, la situation oscillait entre cette sensation nauséeuse et quelque chose de plus proche de la normale.

Sa confrontation avec Kien plus tôt n'était peut-être pas une coïncidence.

Il fit le tour du pick-up par l'avant alors qu'Inona grimpait sur le siège passager, mais s'arrêta net à la vue de Grunge qui sortait de l'ombre.

— Je sais qu'on manque de bras, mais je dois...

— Vas-y et trouve d'où vient tout ce bazar, répondit Grunge en hochant la tête.

En le dévisageant, Delbin détecta un vacillement presque imperceptible des pouvoirs du vieil homme. Quelques fractions de seconde durant lesquelles il put entrevoir un visage plus jeune sous le charme d'apparence.

— Tu as aussi remarqué que l'énergie avait changé ? Pourquoi tu n'as rien dit ?

— J'avais pas envie d'en causer, répondit-il en haussant les épaules. Va t'en occuper maintenant. Je trouverai quelqu'un pour te remplacer si tu reviens pas à temps pour bosser demain matin.

Delbin le salua d'un bref signe de tête.

— Merci, Grunge.

Tandis que le Sidhe s'éloignait, il sauta dans le pick-up et attacha sa ceinture. Au moins, il n'aurait pas à craindre de perdre sa place ici. Un sourire aux lèvres, il démarra le pick-up et ils prirent la route.

Delbin jeta un coup d'œil à Inona pour voir si son silence la dérangeait et fronça les sourcils devant sa pâleur.

— Désolé.

— Pourquoi ?

Du coin de l'œil, il la vit l'observer.

— Je ne suis pas fâchée, dit-elle.

— Tu es pâle.

Son rire le surprit.

— On est en train de foncer au-dessus du sol à bord d'un engin métallique. J'ai déjà pris des moyens de transport humains avant, mais là… Comment peux-tu faire ça aussi souvent ? Je ne vois pas comment on peut s'habituer à ça.

— Ton boulot consiste à traverser le Voile à travers les mondes, mais un pick-up te rend nerveuse ?

Ce fut à son tour de rire. La magie simplifiait peut-être la vie, mais souvent au détriment de l'innovation.

— Ces machines vont vite, mais on ne risque pas de se perdre pendant des siècles en montant dedans.

Inona releva fièrement le menton.

— Je ne me suis jamais perdue dans le Voile.

— Ouah ! s'exclama-t-il avec un sourire en coin. Pas même durant ta formation ? Impressionnant.

— J'ai eu un bon professeur, dit-elle d'un ton pincé mais non dénué d'humour.

— Le Voile est quand même tortueux, soutint-il.

— Eh bien…

Inona se tut un instant alors que Delbin prenait un brusque tournant sur la droite puis virait à gauche sur une route de montagne étroite et sinueuse. Lorsqu'elle reprit la parole, sa voix était plus tendue qu'auparavant.

— Kai a dû venir me chercher une fois, c'est vrai, mais je ne dirais pas que j'étais perdue. Un peu égarée, peut-être. Tous les filaments mènent quelque part.

Delbin lui lança un regard en biais.

— Je ne te voyais pas comme une personne optimiste.

— Je ne le suis pas. (Il la vit hausser les épaules.) Mais je ne suis pas quelqu'un de pessimiste non plus. La vie ne va jamais dans un sens ou dans l'autre.

Il réfléchit à ce qu'elle venait de dire alors qu'il s'engageait sur une autre route moins fréquentée. *Jamais dans un sens ou dans l'autre.* Delbin se dit qu'elle avait raison. Les hauts et les bas pouvaient s'inverser, comme les nacelles sur une grande roue. Il en était la preuve vivante. Il avait dû quitter son monde, bien sûr, mais il était satisfait sur Terre, parfois même heureux. Ces dernières années, il s'était fait de bons amis parmi les gens travailleurs de la foire. La plupart de ses emplois précédents avaient été tout aussi gratifiants.

Mais pas tous.

— On n'est plus très loin du portail maintenant, dit Inona.

Delbin mit ses réflexions de côté pour se concentrer sur la région. Les routes serpentaient autour des montagnes boisées et entre elles, des bourgades et des centres commerciaux apparaissant de temps en temps dans le paysage. Si les arbres étaient plus anciens et les bâtiments mieux intégrés dans le paysage, l'endroit ne serait pas si différent de Moranaia.

Chattanooga était décidément l'une de ses destinations favorites sur la route de la côte est.

La forêt se fit moins dense et Delbin aperçut une localité au loin.

— C'est embêtant qu'ils se soient installés si près du portail.

— J'espère que ce ne sera pas un problème, répondit-elle en regardant droit devant elle. Rien n'indique que le portail ait été découvert, mais on va devoir renforcer les barrières. Ou condamner cet accès-là. La plupart des humains ne sont pas suffisamment connectés au flux de magie pour se glisser dans l'énergie du Voile, mais on ne sait jamais. On va devoir surveiller ça de près.

— Mieux vaut toi que moi.

— Merci, dit-elle en pouffant de rire.

Delbin passa devant l'emplacement du portail et continua à rouler au-delà des habitations. La traînée d'énergie sombre était plus au nord.

— Le parc d'État se trouve officiellement de l'autre côté de la rivière, mais les sommets sont plutôt élevés ici. On va grimper. Il y a beaucoup d'endroits où se cacher là-haut. Des grottes et autres.

Inona attendit un moment avant de lui répondre.

— Pourquoi tiens-tu à aider dans cette affaire ? Tu te fiches de Moranaia, sinon...

— Je ne me fiche pas de Moranaia, rétorqua-t-il en serrant le volant plus fort. Je serais resté là-bas sans ça.

Un silence de nouveau. Puis elle reprit la parole d'un ton hésitant.

— Dis-moi.

Devrait-il lui en parler ? Coric connaissait pratiquement toute la vérité et ne l'avait jamais trahi, mais Delbin ne s'était confié à lui qu'une décennie après son exil. Et si Inona n'était pas digne de confiance ? Il la regarda du coin de l'œil, autant que possible dans l'obscurité de la cabine du pick-up, et vit que son expression était sincère avant de reporter son attention sur la route. Est-ce que son silence avait encore un sens à présent, de toute façon ?

— Tu as dit qu'il n'y avait aucune mention de mon frère dans mon dossier, mais c'est pour lui que je suis parti, finit-il par dire.

Il sentit son regard comme une caresse sur son visage.

— Attends. Tu es parti volontairement ?

— Le seigneur Moren m'a aidé. Le frère de Kai.

— Tu viens d'Oria, c'est vrai. Qu'est-ce qui aurait bien pu te pousser à faire ça ? Et pourquoi t'aurait-il aidé ?

Delbin la transperça d'un regard bref, mais intense.

— Il ne faudra rien dire à personne, Inona.

— Je ne peux pas te promettre ça, répondit-elle en élevant la voix. Je ne trahirai pas le seigneur Lyr.

— Il ne s'agit pas de trahison. Coric est au courant et c'est l'une des personnes les plus loyales que je connaisse.

Delbin serra encore davantage le volant. Inona ne lui avait rien promis, mais il ne put s'empêcher de lui raconter toute l'histoire.

— Mon frère n'était qu'un bébé quand mes pouvoirs se sont pleinement manifestés. Ma télépathie est puissante, Inona. Suffisamment puissante pour que je puisse facilement insérer ma conscience dans l'esprit des autres. Quand c'est devenu évident, ma mère a parlé au seigneur Moren de la nécessité de m'éloigner.

— Ta mère ? Quel âge avais-tu ?

— Seize ans.

Le cri de stupeur d'Inona résonna dans le calme de la cabine.

— Tu es parti quand tu n'étais encore qu'un *enfant* ? Ce n'était pas dans ton dossier. Je ne comprends pas.

— Un enfant selon les critères elfiques, mais suffisamment âgé pour se débrouiller sur Terre. Un siècle en arrière, du moins. (Il se passa une main dans les cheveux.) Allafon est... dangereux. Il n'a jamais commis de trahison, mais il n'est pas tendre avec ses serviteurs. S'il avait découvert mes facultés, nous aurions tous été réellement en danger. Ma mère et mon frère auraient très bien pu devenir ses invités forcés et moi, son pantin. Il fallait que je disparaisse.

— Par tous les dieux, murmura Inona, alors qu'il s'engageait sur la route menant au début du sentier qu'il cherchait. Delbin... Allafon est mort.

Il écrasa la pédale de frein, provoquant le blocage de leurs deux ceintures de sécurité lorsque le pick-up s'arrêta brusquement.

— Mort ?

Inona lança un regard inquiet par la fenêtre arrière.

— Ne reste pas arrêté sur la route.

Delbin se força à remettre le véhicule en mouvement alors

que son cœur cognait violemment dans sa poitrine.

— Il est mort depuis combien de temps ?

— Un bon mois ou deux maintenant.

Il prit une inspiration laborieuse et engagea le pick-up dans un parking sombre et désert. En silence, il mit le levier de vitesse au point mort d'un geste sec.

— Et Moren n'est pas venu me chercher.

— Je suppose que non.

Il sentit de nouveau les yeux d'Inona le dévisager, mais il ne la regarda pas. Il ne pouvait pas.

— Je n'arrive pas à le croire. Et pas un mot à propos de mon frère ?

— Moren a été très occupé, dit-elle d'une petite voix. Allafon n'a peut-être jamais commis de trahison quand tu étais là-bas, mais il a fini par trouver le moyen de le faire. Il a essayé d'assassiner Kai, Lyr, et la fille retrouvée de Lyr. Kai l'a tué quand il a commencé à lancer un sort de sang. En tant qu'héritier d'Allafon, Moren a eu beaucoup à faire après ça.

Delbin regarda par la fenêtre les arbres plongés dans la pénombre.

— Il a peut-être bien fini par tuer mon frère quand même. Il était très doué pour trouver des raisons de faire du mal aux autres. Toutes ces années…

Inona détacha sa ceinture de sécurité et se glissa plus près de lui.

— Je ne sais pas. Mais tout ce temps n'était pas vain. Qui sait ce qu'il aurait fait s'il avait eu accès à tes pouvoirs. Avoir quelqu'un capable d'infiltrer les esprits sous son contrôle… Il aurait certainement pu mener ses projets à bien dans ces conditions.

— Sans doute, oui.

La gorge serrée, Delbin s'efforçait de résister à l'envie de se pencher vers elle.

— Maintenant qu'Allafon est mort, je suppose que ça n'a plus d'importance que tu en parles ou non à quelqu'un.

Inona posa une main sur son épaule.

— Pourquoi ta mère n'en a-t-elle pas parlé à Telien, le père de Lyr ? C'était un dirigeant équitable.

— Les tyrans sont intelligents, Inona.

Delbin poussa un long soupir et décida de continuer à se confier, se détendant un peu sous la pression de sa main.

— La chape de peur qu'il faisait peser sur nous est difficilement explicable. Il ne faisait rien d'ouvertement illégal, après tout, et il se montrait prudent avec les « accidents » qui arrivaient à ceux qui s'opposaient à lui. Ce n'était jamais sa faute. Le seigneur Moren faisait de son mieux pour tempérer les choses. On a tous pensé qu'il serait plus sûr qu'il me bannisse.

Inona le dévisagea en plissant les yeux d'un air interrogateur.

— Seize ans, c'est trop jeune pour être exilé en tant que tire-au-flanc. Même aujourd'hui, tu serais encore un apprenti selon nos règles.

— L'âge n'est qu'une question de chiffres, dit-on. (Delbin esquissa un sourire.) Littéralement, dans mon cas. Moren n'a eu aucun mal à falsifier les registres.

— Je n'arrive pas à croire que Lyr n'ait pas fait tomber Moren pour ça, maugréa Inona.

Delbin vint poser sa main sur la sienne lorsqu'elle pressa son épaule.

— Il n'est peut-être pas au courant.

— Moren est à la tête d'Oria à présent. Il va sûrement...

— Comme tu l'as dit, il a beaucoup à faire en ce moment, l'interrompit Delbin. Quand on aura découvert ce que Kien manigance, je rentrerai peut-être avec toi. Je voudrais savoir ce qui est arrivé à mon frère.

Et j'ai deux mots à dire à Moren.

L'énergie environnante pulsa de nouveau, mais Delbin soutint le regard d'Inona. Elle finit par opiner de la tête.

— Allons-y alors.

CHAPITRE QUATRE

Inona gardait les yeux rivés sur le dos de Delbin alors qu'ils avançaient sur le sentier désert. Sa vision elfique était suffisamment aiguisée pour éviter toute catastrophe, mais elle demeurait néanmoins assez proche de lui pour pouvoir le toucher juste en tendant le bras. Et pas simplement parce qu'elle avait envie de le toucher. Comment s'était-il débrouillé seul parmi les humains à un si jeune âge ? C'était phénoménal. *Il* était phénoménal.

Une énergie étrange lui picotait la peau alors qu'ils approchaient de la source de la perturbation. Inona frissonna et projeta son esprit vers Delbin pour qu'il vienne effleurer les limites de sa conscience.

Il se connecta immédiatement.

— *On ne peut pas simplement débarquer en trombe*, dit-elle dans son esprit. *On aurait dû planifier tout ça.*

— *C'est simple. Tu vas te cacher pendant que j'entrerai. Puis tu viendras me sauver si je ne ressors pas.*

Inona ralentit le pas sous le coup de la surprise, mais elle se força à ne pas s'arrêter.

— *Je suis une* sonal *entraînée. Je ne vais pas me cacher pendant que tu cours au-devant du danger.*

Delbin lui adressa un sourire en coin par-dessus son épaule.

— *Je ne remets pas ta férocité en question. Grrr !*

Le rire qu'il tentait de réprimer se refléta dans ses yeux avant qu'il ne se tourne pour regarder de nouveau devant lui.

— *Mais Kien t'a vue tout à l'heure. Comment suis-je supposé découvrir ce qui se trame si tu es avec moi ?*

— *Non*, insista-t-elle, la simple idée qu'il y aille seul lui donnant la chair de poule. *Tu n'es pas là pour le confronter. On va glaner autant d'informations que possible sans se faire prendre et ensuite, on rentre à Moranaia pour les rapporter.*

Il se tut pendant si longtemps qu'elle commença à douter du fait qu'il allait lui répondre.

— *Mais on pourra découvrir un tas de choses si je prétends vouloir me joindre à lui.*

— *J'ai dit non. Et je suis plus gradée.*

Inona tendit le bras et le poussa du doigt, mais il se contenta de lui sourire de nouveau d'un air joueur. Elle soupira.

— *Réfléchis. Allafon aurait pu se servir de toi à cause de tes facultés. Et si le but de Kien était d'en faire autant ? Il devait bien avoir une raison de t'approcher.*

Delbin reprit son sérieux.

— *Tu marques un point.*

— *Je pense qu'on n'est plus très loin*, dit Inona, en tirant sur le poignet de Delbin jusqu'à ce qu'il s'arrête. *Il faut qu'on échange nos places. J'ai été formée pour naviguer dans la forêt en dehors des sentiers, alors je serai plus efficace devant. Toi, tu balayes les environs pour détecter des signes de vie. À moins que tu ne sois aussi doté du talent d'éclaireur ?*

Il désigna les bois d'un geste grandiloquent.

— *Après vous, madame.*

Inona leva les yeux au ciel en passant devant lui, mais elle ne put s'empêcher de sourire. Sa bonne humeur était contagieuse.

Tout ce qu'il avait traversé depuis un si jeune âge l'avait sans nul doute encouragé à la cultiver. Seize ans. Elle secoua la tête d'incrédulité alors qu'elle se faufilait entre les arbres. C'était bien trop jeune.

Le clair de lune parvenait à peine à transpercer l'épaisse canopée au-dessus de leurs têtes, mais c'était suffisant. Inona guidait son compagnon de route sans faillir à travers le sous-bois, et ils étaient de plus en plus proches de la source de cette magie qui faisait vibrer l'air. Chaque pulsation était plus erratique que la précédente, comme un cœur en proie à des palpitations. Ce n'était absolument pas normal. Sur Terre, la magie était particulièrement stable et fiable, même si elle était bien moins puissante que celle qui existait à Moranaia et dans la plupart des dimensions féeriques.

Cette énergie fracturée n'était pas le fruit du hasard.

Inona s'arrêta net à la vue d'une petite clairière qui s'étirait jusqu'au pied d'un court escarpement. Un miroitement attira son regard et elle observa attentivement la paroi rocheuse. Une faible lueur provenait d'une brèche faisant environ la moitié de sa taille – une entrée. Même si la présence de grottes était normale dans la région, celle de l'énergie malsaine qui émanait de la brèche ne l'était pas. Inona s'accroupit et fit signe à Delbin de se cacher derrière un arbre. Elle balaya soigneusement la zone du regard. Personne en vue.

— *Tu perçois quelque chose ?* demanda-t-elle dans l'esprit de Delbin.

Les télépathes comptaient parmi les plus compétents quand il s'agissait de détecter les autres, étant donné que la conscience était si étroitement liée à l'énergie vitale.

— *Ils sont trois à l'intérieur,* répondit-il immédiatement. *Deux d'entre eux ont des boucliers mentaux très faibles. Ils sont en plein débat.*

Inona regarda la petite entrée d'un air dubitatif. La lueur était faible, et d'après son orientation, elle était à peu près certaine que l'ouverture menait à un long tunnel incurvé. Si ce n'était pas le cas, ils pourraient voir ceux qui se trouvaient à l'intérieur. Que faire ? Si quelque chose endommageait l'énergie même de la Terre, le seigneur Lyr voudrait en être informé au plus vite.

— *Tu peux dire à quelle distance ils se trouvent ?*

Un instant de silence, puis Delbin répondit.

— *Plusieurs mètres sur la gauche et plus loin vers le fond. Je crois.*

Inona fronça les sourcils, réfléchissant à la question.

— *On devrait rester ici et observer. Voir s'ils vont partir.*

— *Ils ne vont pas quitter les lieux,* répondit Delbin. *L'un d'eux s'efforce de contenir un genre de sort. Les deux autres débattent de ce qu'ils vont faire à propos de Kien.*

— *Comment ça ?*

— *Il s'est passé quelque chose avec le sort et il est parti depuis quelques jours.*

Delbin se rapprocha d'Inona jusqu'à ce que son épaule frôle la sienne. Puis il jura dans sa barbe.

— *On doit les arrêter. Maintenant. Ils sont en train d'empoisonner le champ énergétique de la Terre. C'est pour ça qu'on a ressenti des perturbations. S'ils parviennent à restaurer ce sort, ils auront plus de chances de réussir.*

— *Le mage maintient ça en place depuis plusieurs jours ?* (Elle se mordit la lèvre d'un air perplexe.) *Ça n'a pas de sens. C'est vrai, je ne vois pas comment ils pourraient affecter la Terre entière à partir d'ici.*

Delbin garda le silence pendant un moment avant de se connecter de nouveau à elle.

— *Désolé. J'étais en train de creuser. Ils ont placé des nœuds sur tout le territoire, tous reliés. Un autre nœud que celui-ci a été détruit, mais toute cette énergie devait bien aller quelque part. La secousse s'est propagée à travers tout le maillage. Ce nœud-là est sur le point d'exploser aussi.*

Inona était stupéfaite.

— *Pourquoi font-ils une chose pareille ? L'énergie, c'est la vie.*

— Pour dominer, répondit aussitôt Delbin. *On commence par se débarrasser de tous les autres utilisateurs de magie avec le poison, puis on utilise ses propres pouvoirs pour asservir les humains, qui n'auront rien vu venir, puisque plus personne n'est en mesure de vous arrêter.*

Clechtan ! Le seigneur Lyr était-il au courant de cela ? Si Delbin avait raison, ils n'avaient pas le temps de s'en inquiéter. Inona projeta ses sens en arc de cercle pour sonder la clairière. Elle ne détecta aucune présence en dehors de la grotte. Il ne fallait cependant pas oublier que les assassins envoyés après Lyr avaient réussi à se faufiler à travers les barrières de protection du domaine.

— *Tu penses qu'ils pourraient être plus nombreux ?* demanda-t-elle.

Sous le clair de lune filtrant à travers la canopée moins épaisse à cet endroit, Inona observa Delbin qui regardait dans le vide. Après un moment, il secoua la tête et la regarda de nouveau dans les yeux.

— *Je ne vois personne d'autre dans leurs esprits. Mais j'ai planté une idée. Quand l'un d'entre eux sortira, laisse-le m'emmener.*

Inona lui lança un regard noir.

— *On n'avait pas déjà parlé de ça ?*

— *Si je les vois, je pourrai prendre le contrôle de leurs esprits.*

— *Quoi ?* (Inona n'en revenait pas.) *J'ai entendu dire que le prince Ralan pouvait faire ça. Et une poignée d'autres. Mais tu n'as pas été formé de manière officielle. Comment peux-tu en être certain ?*

Les yeux de Delbin reflétèrent soudain une tristesse profondément ancrée.

— *On apprend beaucoup de choses quand on se retrouve dans un monde étrange à l'adolescence, Inona.*

Elle sentit son cœur se serrer devant la souffrance perceptible dans ses traits crispés. Qu'avait-il été forcé de faire ? La Terre n'était pas un endroit horrible, mais pas forcément sûr non plus, surtout pour ceux qui étaient différents. Les lois étaient si versatiles, et les exilés devaient non seulement dissimuler leur véritable nature, mais aussi régulièrement recommencer à zéro.

Inona n'avait jamais eu une haute opinion des gens de son peuple qui se retrouvaient dans une telle situation. Elle s'était même interrogée sur son propre prince lorsqu'il avait choisi de vivre sur Terre. Combien d'exilés n'étaient pas ce qu'ils semblaient être ? Pour la première fois, elle se dit qu'elle aimerait apprendre à les connaître plutôt que de savoir s'ils suivaient strictement les règles ou non.

— *Il faut faire quelque chose. Il pourrait y en avoir d'autres qui...*

— *Il va sortir dans un instant*, l'interrompit Delbin. *Je vais essayer d'entrer et de sortir rapidement. Si les choses tournent mal, tu pourras voler à mon secours.*

— *Mais...*

Delbin rompit leur connexion et contourna l'arbre derrière lequel il était caché à l'instant où un homme aux cheveux roux sortit de la grotte.

— Ah, je vous ai trouvés, s'exclama Delbin d'un ton enjoué.

L'homme s'arrêta net, sa main volant jusqu'à une arme à son côté.

— Prince Kien m'avait bien dit qu'il y aurait des amis ici.

Les traits de l'homme se relâchèrent subitement et ses bras retombèrent le long de son corps. Sans un mot, il mena Delbin vers la grotte. En un rien de temps, ils étaient partis.

LES CHOSES N'ALLAIENT PAS ÊTRE AUSSI SIMPLES QUE CE QUE Delbin avait fait croire à Inona. Il avait déjà pris le contrôle d'autres esprits par le passé, mais seulement durant un court instant et en dernier recours. Durant ses premiers temps sur Terre, il avait utilisé sa magie pour se défendre, mais de brèves décharges ou suggestions mentales étaient plus efficaces qu'une prise de contrôle. Il pouvait compter sur les doigts d'une *main* le nombre de fois où il l'avait fait.

Il allait très probablement se faire capturer quelques minutes seulement après être entré. Mais il avait simplement besoin d'un court instant. S'il pouvait contraindre la personne contenant le sort à le relâcher, ce dernier se briserait. D'après ce qu'il avait pu lire dans leurs esprits, ils ne seraient pas en mesure de le recréer rapidement.

Delbin suivit celui qui s'appelait Patrick à travers le tunnel baigné d'une lumière dorée de plus en plus vive. Ils allaient plus loin que ce qu'il s'était imaginé. Sa portée télépathique aurait-elle augmenté ? Trouver les esprits des autres lui avait semblé plus difficile quand il était plus jeune. Le temps qu'il avait passé au tombe-à-l'eau avait dû constituer un entraînement régulier. Mais les battements de son cœur lui martelaient tout de même les oreilles lorsqu'ils pénétrèrent dans une vaste caverne. Des stalagmites et des stalactites saillaient comme des dents acérées autour d'eux, l'eau s'accumulant sur le sol comme des flaques de salive.

Delbin fronça le nez de dégoût devant cette image mentale. Oui, non.

Au centre, l'un des hommes se tenait debout devant une colonne rocheuse. Son corps dissimulait le point focal du sort à la vue, et il ne se retourna pas lorsque le troisième homme poussa une exclamation en se précipitant vers eux.

— Qu'est-ce que tu fous, Patrick ?

— Kien l'a invité, répondit l'intéressé, d'une voix un peu creuse sous l'emprise de Delbin.

Alors que l'homme le dévisageait d'un œil méfiant, Delbin prit une grande inspiration. Puis avec une frappe de magie fulgurante, son esprit se fraya un chemin à travers les boucliers mentaux de l'autre et tenta de prendre le contrôle. L'homme se défendit contre lui, essayant de le repousser avec tant de force que Delbin commença à avoir mal au crâne. Le temps qu'il parvienne enfin à ses fins, son front perlait de sueur et ses paumes étaient moites.

Contrairement à Patrick, celui-ci – Victor – était difficile à maîtriser. Effacer sa mémoire serait une tâche bien plus ardue.

Les seuls bruits dans la caverne à présent étaient le *ploc-ploc* régulier de l'eau qui gouttait d'une multitude de stalactites et la respiration pantelante du mage. En dépit du silence soudain de ses acolytes, il n'avait pas bougé. Delbin fronça les sourcils, perplexe. Est-ce que le fait de contrôler son esprit serait le meilleur moyen de le détourner de sa tâche ? Il tremblait déjà sous l'effort qu'il devait fournir pour maîtriser les deux *autres*, et celui-là était plus puissant. Mais le gars n'avait pas remué un orteil, même quand ses complices s'étaient tus. À cause du sort qu'il devait contenir ?

Delbin se déplaça discrètement le long de la paroi de la caverne afin d'avoir un meilleur angle de vue. Son regard se focalisa sur une lueur au centre de la colonne. *Non, pas une colonne.* À cet endroit se trouvaient une stalagmite et une stalactite qui se rejoignaient presque, avec un cristal d'une taille comparable au poing d'un enfant en lévitation dans l'espace entre elles. Les yeux fermés, le mage l'entourait de ses mains tandis qu'il pulsait d'une lueur blafarde.

Avec précaution, Delbin projeta son énergie plus loin pour jauger de la solidité des boucliers mentaux du mage. Il se retira presque immédiatement. Oui, forcer ces défenses-là n'allait pas être une mince affaire, et il allait perdre le contrôle des deux *autres* en tentant de le faire. Mais le mage semblait si déterminé à contenir le sort qu'il ne prêtait pas attention à ce qui se passait autour de lui.

Si Delbin avait bien appris quelque chose, c'était que la magie ne pouvait pas tout résoudre.

Il balaya le sol de la caverne du regard jusqu'à ce qu'il trouve un morceau d'une stalagmite infortunée qui s'était brisée. Il se baissa et s'en empara. Puis il marqua un nouveau temps d'arrêt lorsque Patrick bougea, luttant contre son emprise. *Je ferais mieux de me dépêcher.* Il agrippa fermement le bloc minéral usé par le temps, arma son bras, et le fit voler dans les airs.

Le projectile vint directement heurter le poignet gauche du mage, qui se retrouva avec la main plaquée contre le cristal pulsant. L'homme ouvrit brusquement les yeux et poussa un cri lorsque la lueur malsaine se transforma en un éclat aveuglant. Delbin se mit à l'abri derrière une large colonne de pierre, relâchant son emprise mentale sur les autres afin de renforcer ses propres boucliers. Il eut à peine le temps d'effacer la mémoire de Patrick avant que l'enfer se déchaîne.

— Lequel d'entre vous a fait ça, bande d'abrutis ? hurla le mage par-dessus le bourdonnement croissant émanant du cristal. Qu'est-ce que vous avez fabriqué ?

— Il y avait quelqu'un d'autre, répondit Victor.

— Et qui donc ?

Delbin n'essaya même pas de suivre leur querelle. Ne sentaient-ils pas le danger ? Il couvrit ses oreilles de ses mains alors que la pression commençait à augmenter, mais le phénomène était plus de nature magique que physique. Puis la lumière jaillit dans une explosion et emplit toute la caverne, au point que Delbin dut fermer les yeux. Un craquement résonna dans l'air, suffisamment fort pour qu'il l'entende malgré ses oreilles couvertes.

Le mage cria un juron, mais ses autres paroles furent étouffées par un crépitement bruyant et un ultime craquement encore plus sonore. Lorsque la lumière disparut de façon abrupte, le sol commença à trembler. Delbin plaça ses bras au-dessus de sa tête pour se protéger alors que les stalactites se brisaient et pleuvaient sur eux. Mais l'énergie qui avait jailli du cristal était éclatante. Saine.

Moranaienne.

— Patrick, je te jure que…

— C'est pas moi ! l'interrompit Patrick. Je me tenais juste là.

— Où est passé ton nouveau copain, hein ? demanda Victor.

— Je ne sais pas de quoi tu parles.

— Bon sang, c'était le dernier nœud encore fonctionnel après l'utilisation du contre-sort par les Moranaiens. On va devoir tout reprendre depuis le début. Des années fichues en l'air à cause de…

— Silence !

Lorsque cette autre voix résonna à travers la caverne plongée dans l'obscurité, Delbin tressaillit et ne perdit pas de temps pour renforcer ses boucliers mentaux. *Kien.* Il s'efforça de ralentir sa respiration, même si la panique le rongeait de l'intérieur. Le prince était-il tombé sur Inona en venant ici ? Il effectua une brève recherche mentale et ses épaules s'affaissèrent de soulagement lorsqu'il eut la confirmation qu'elle était saine et sauve.

Mais Delbin n'allait probablement pas s'en sortir aussi bien. Coincé dans une caverne avec le prince machiavélique et ses sbires ?

Il était bel et bien fichu.

CHAPITRE CINQ

L'écorce rugueuse éraflait le dos d'Inona alors qu'elle se plaquait autant que possible contre l'arbre. Elle avait bien failli se faire prendre et se demandait encore comment elle avait pu l'éviter. Kien était sorti de nulle part, son pas silencieux alors qu'il se déplaçait pourtant avec la démarche traînante de quelqu'un venant d'être blessé. Mais il avait à peine jeté un œil à la forêt environnante avant de s'engouffrer en titubant dans l'entrée étroite de la grotte.

Qu'allait-elle faire ? Elle n'allait certainement pas laisser Delbin tout seul là-dedans.

Soudain, elle ressentit une étrange secousse et l'énergie qui l'entourait s'agita de façon aussi erratique que certains filaments dans le Voile. Pendant un long moment, le sol trembla. Inona se couvrit la tête, espérant que les tremblements de terre dans la région n'étaient pas comme ceux dans les plaines de son monde natal. Ces derniers étaient parfois suffisamment violents pour raser des villes, près des lignes de faille en tout cas.

Fort heureusement, les vibrations finirent par cesser. Inona pencha la tête de côté de derrière son arbre pour jeter un œil à la grotte une fois le terrain stabilisé. Aucun signe d'activité. Par les dieux, elle espérait que Delbin n'avait pas été blessé. Kien avait-il fait appel à une forme de magie noire ? Elle projeta ses sens et fut stupéfaite de tomber sur... de l'énergie moranaienne ? La bizarrerie malsaine avait disparu.

Aux limites de sa conscience, Inona détecta la présence de Delbin. Juste un bref effleurement, probablement pour voir si elle allait bien, mais elle put l'agripper avant qu'il se retire.

— *Qu'est-ce qui s'est passé ? Ils t'ont attrapé ?*

— *Non.*

Il y eut une longue pause, et elle ressentait son inquiétude comme si cette émotion lui était propre.

— *J'ai interrompu ce que le mage était en train de faire, et le sort a en quelque sorte explosé. Kien est ici maintenant.*

— *Est-ce que tu peux sortir ?*

— *Je ne sais pas. J'arrive à peine à me cacher.* (La connexion se brouilla.) *Je vais tenter quelque chose. Je te tiendrai au courant.*

Leur liaison télépathique fut interrompue sans plus de cérémonie. Inona lança un regard noir en direction de la grotte, comme si Delbin pouvait actuellement la voir. Il était livré à lui-même depuis trop longtemps s'il pouvait si aisément ignorer son commandement. Par tous les dieux d'Arneen, il n'avait même pas reçu de formation officielle. Quelle mouche l'avait piqué ? D'un air renfrogné, elle sortit un poignard de sa poche et avança furtivement jusqu'à l'arbre le plus proche. Puis celui d'après.

Il y avait fort à parier qu'elle allait devoir le sauver.

Le cœur battant, Delbin renvoya très lentement son esprit dans celui de Patrick, le plus jeune et le plus faible du groupe. Il n'essaya pas de prendre le contrôle, toutefois. En réalité, il avait seulement besoin de voir, alors il établit calmement une liaison juste assez puissante pour obtenir des images floues de ce qui se passait. La colonne de pierre le dissimulait à la vue de tous, mais elle bloquait également la sienne, et il était hors de question qu'il prenne le risque de se faire repérer en se déplaçant.

— Qu'avez-vous fait, espèces de crétins ? hurla Kien, sa voix résonnant étrangement à travers les oreilles de Patrick, qui de fait étaient aussi temporairement celles de Delbin.

Victor fit un pas hésitant vers l'avant.

— J'y suis pour rien. Pat, ici présent, a ramené un nouveau. Je crois. Après ça, c'est le trou noir jusqu'à ce que le sort explose.

Delbin ressentit la peur de Patrick comme si elle lui était propre alors que Kien reportait son attention sur lui.

— Tu as amené un inconnu ici ?

— Je ne sais pas de quoi il cause, répondit Patrick, la gorge serrée.

— Il doit bien y avoir une raison pour laquelle Tom est inconscient et le sort complètement fichu, dit Kien d'un ton posé en contradiction avec la fureur dans ses yeux. Je suppose que tu n'as aucune explication à me fournir ?

— Monseigneur, je vous jure que...

— Oh, ferme-la ! (Kien prit un air sévère.) Décris-moi cet inconnu, Victor.

L'homme se tortilla nerveusement sous les yeux attentifs du prince.

— C'était un homme. Avec des cheveux blond coupé court. Patrick a dit que vous l'aviez invité. Je ne me souviens de rien après ça.

Delbin réprima un juron. Dommage qu'il n'ait pas eu le temps d'effacer la mémoire de Victor. À travers les yeux de Patrick, il vit Kien réfléchir, avant d'afficher un sourire machiavélique. Cela n'augurait rien de bon.

— Je vois, dit Kien en tapotant son menton de l'index. J'ai effectivement invité un jeune mage de l'esprit que j'ai croisé à nous rejoindre, mais il n'est peut-être pas venu avec de bonnes intentions en tête. Patrick, va voir comment va Tom. Victor, tu fouilles la caverne.

Oui. Fichu.

Quittant une fois de plus l'esprit de Patrick, Delbin passa en revue les parois de la caverne afin de trouver un moyen de sortir d'ici. Il plissa les yeux. Était-ce un tunnel entre ces deux stalagmites à quelques mètres de là ?

Les grottes de la région formaient un véritable réseau souterrain, mais il était risqué de s'y aventurer sans expérience et sans l'équipement adéquat. L'éventualité de mourir encavé était-elle préférable au sort que Kien pourrait lui réserver ?

Au vu de l'expression sinistre et enragée du prince, assurément préférable.

Il devait simplement faire vite avant que Victor arrive dans la zone où il se trouvait. Après un bref coup d'œil à gauche et à droite, il se faufila jusqu'à la stalagmite la plus proche. Puis derrière une colonne en spirale. Il grimaça lorsque son pied atterrit dans une petite flaque, mais il ne pouvait rien faire à propos de l'eau qui s'était infiltrée dans sa botte. Il n'y avait pas eu de *splash* audible au moins.

Delbin arriva sur une large saillie rocheuse à proximité de l'entrée du petit tunnel et bondit pour se cacher entre une paire de stalactites ressemblant à des crocs. Lorsque la semelle mouillée de sa chaussure perdit son adhérence sur la roche, il glissa et étouffa un cri. Levant le bras pour retrouver son équilibre, il parvint à agripper l'une des stalactites.

Lorsqu'il parvint à se stabiliser, il poussa un soupir de soulagement, mais la roche friable céda sous la traction qu'il exerçait dessus. Des blocs se détachèrent, allant s'écraser dans une autre flaque peu profonde, et il entendit quelqu'un crier. Bon sang ! Il s'accroupit autant que possible et tenta de s'engouffrer dans le tunnel avant de se faire repérer, mais une main agrippa son bras et le força à s'arrêter.

— Je t'ai eu !

Puisant de l'énergie dans le monde environnant, Delbin laissa l'individu le faire pivoter face à lui. Une frappe mentale lui permettrait de le neutraliser et il pourrait peut-être profiter de cette diversion pour s'échapper. L'énergie s'accumulait dans son corps, vibrant en lui. Il regarda Victor droit dans les yeux et se prépara à la libérer.

Une frappe éclair heurta alors Delbin de plein fouet, et ses pouvoirs s'amenuisèrent un peu plus à chacun de ses battements de cœur douloureux. Il porta ses mains à sa tête dans une vaine tentative d'endiguer cette agonie. Son champ de vision devint rouge.

Puis noir.

À PRÉSENT QUE L'ÉNERGIE ÉTAIT PLUS SAINE, INONA l'emmagasina avec abandon alors qu'elle avançait avec précaution dans le tunnel. Elle ne possédait peut-être pas les facultés d'un mage, mais comme la plupart des *sonal*, elle pouvait se dissimuler un peu à la vue d'autrui. Dommage qu'elle ne puisse pas frapper Kien avec un sort de combat. Elle allait simplement devoir compter sur sa furtivité et son poignard.

Le tunnel était sombre, mais ses yeux s'étaient vite adaptés au changement de luminosité. Elle détestait néanmoins les grottes. Kien n'aurait-il pas pu établir son camp de base dans les arbres ? Elle préférait grimper plutôt que de se faufiler le long de parois rocheuses avec une montagne au-dessus de sa tête.

La lumière se fit plus vive, alors Inona lança un sort de camouflage autour d'elle. Ce dernier ne la rendrait pas invisible, mais il constituait une bonne diversion visuelle. Il fallait juste qu'elle continue à avancer lentement, sans faire de grands gestes. Bien plus lentement qu'elle n'aurait voulu après avoir entendu le cri de détresse de Delbin. Mais elle avait dû faire face à suffisamment de situations difficiles pour savoir que se précipiter ne servirait à rien.

Une voix résonna dans la caverne au-devant d'elle.

— Attache-le.

— Vous n'allez pas le tuer ? demanda un autre.

— Ne pose pas de questions, répondit le premier homme d'une voix froide et imposante. Probablement Kien.

L'agitation s'intensifia à mesure qu'Inona approchait, puis elle entendit quelque chose craquer et se briser. Son cœur fit un bond, avant de s'apaiser au son de pierres s'entrechoquant. L'un des hommes poussa un juron.

— Les stalagmites ne vont pas le retenir, dit une voix. Ça doit être de la pierre de coulée. Ces maudites choses n'arrêtent pas de se casser.

— Si tu arrêtais d'essayer de l'attacher si haut, ça pourrait peut-être…

— Fermez-la !

L'injonction tonitruante de Kien se répercuta jusque dans le tunnel.

— Pas besoin de le ficeler. Attachez-lui seulement les mains et amenez-le par ici.

— Vous ne voulez pas le torturer ?

Un instant de silence.

— Plus tard peut-être.

Inona s'accroupit derrière une large formation rocheuse et jeta un coup d'œil dans la caverne. À quelques mètres de là, Kien se tenait debout, le regard noir, son profil souligné par la lueur tamisée des lanternes magiques en lévitation au-dessus de lui. *Clechtan !* jura intérieurement Inona. Elle recula lentement afin que ce mouvement n'attire pas l'œil du prince. Elle allait devoir trouver un moyen d'atteindre l'énorme stalagmite située à sa droite. Cet endroit serait parfait pour prendre Kien par surprise.

Un grognement résonna dans la caverne.

— Il se réveille, dit l'une des voix.

— Dépêchez-vous alors, répondit Kien d'un ton mordant.

Malgré son désir instinctif de voir comment allait Delbin, Inona profita de cette diversion pour se faufiler jusqu'à l'endroit mieux placé qu'elle avait repéré. Une fois derrière la stalagmite, elle jeta un œil à Kien, qui lui tournait le dos. Il ne semblait pas l'avoir remarquée et demeurait focalisé sur les deux hommes qui attachaient les mains de Delbin dans son dos.

Un son étouffé sur le côté attira l'attention d'Inona. Son regard se posa sur un autre homme, affalé au pied d'une colonne. Un autre prisonnier ? Non, rien ne le retenait et son expression était détachée alors qu'il regardait les deux hommes attacher Delbin. Il avait l'air malade cependant avec sa peau d'un jaune blafard sous la lumière tamisée.

— Envoyez-lui une autre frappe, marmonna le troisième homme.

— Non, répondit Kien d'un ton autoritaire. J'ai des questions à lui poser. Laissez-le se réveiller.

Inona se rapprocha, se postant cette fois derrière une stalagmite si proche de Kien qu'elle pouvait presque le toucher. Mais elle ne tenta rien contre lui. Au lieu de cela, elle se focalisa sur Delbin et attendit avec les autres alors qu'il reprenait conscience.

Il grogna de nouveau et secoua la tête. Puis son corps se raidit et il commença à tirer sur ses liens.

— Qu'est-ce que... ?

— *Delbin*, murmura Inona dans son esprit, *les hommes de Kien t'ont attrapé. Je suis là, tout près.*

Delbin s'immobilisa.

— *Sauve-toi. Il faut avertir Moranaia qu'il manigance quelque chose.*

— *Tu te trompes si tu penses que je suis du genre à laisser quelqu'un se faire torturer. Occupe-les. Garde leur attention. C'est tout ce que je te demande.*

— J'espère que tu es prêt à me révéler ton nom à présent, dit Kien. Tu vas peut-être te montrer un peu mieux disposé, hmm ?

— Je ne compterais pas trop dessus si j'étais vous, rétorqua Delbin.

Sur ce, il roula vers la gauche, poussant de toutes ses forces sur les jambes de l'un des malfrats. L'homme geignit et chancela, avant d'aller heurter son acolyte en tombant.

Inona n'attendit pas de voir ce qui pourrait bien se passer ensuite. Elle agrippa plus fermement le manche de son poignard et se glissa derrière Kien. Après une grande inspiration pour se préparer, le temps d'un battement de cœur, elle attaqua.

Fort heureusement, Inona était grande.

De son bras gauche, elle agrippa Kien par la taille et passa le droit par-dessus son épaule pour venir presser son couteau sous sa gorge. Il sursauta violemment, et elle haussa les sourcils d'étonnement lorsqu'il poussa un geignement plaintif alors qu'elle resserrait la prise de son bras gauche. Elle sentit alors le bandage autour de sa taille. Il avait bel et bien été blessé récemment.

Inona tourna les yeux vers Delbin et grimaça en le voyant plaqué contre le sol rocheux, le genou de l'un des malfrats enfoncé dans le dos. L'autre homme les surplombait, une arme blanche à la main.

— Ordonnez-leur d'arrêter, dit-elle à l'oreille de Kien en enfonçant très légèrement sa lame dans sa gorge.

Assez pour faire couler son sang. Assez pour que l'acier de son arme affecte la capacité du prince à utiliser la magie.

— J'aurais dû m'en douter, aboya Kien en serrant les dents. Tu ne viens pas du tout de Moranaia, n'est-ce pas ? Aucun éclaireur de là-bas ne porterait de l'acier sur lui. À quel jeu joues-tu ?

Inona esquissa un sourire qu'il ne pouvait pas voir.

— Vous aimeriez bien le savoir, hein ? Dites-leur d'arrêter maintenant.

— Lâchez-le ! cria Kien.

L'homme qui était debout recula aussitôt. Celui qui maintenait Delbin à terre se renfrogna un instant, puis commença à se redresser. Delbin grogna de douleur quand l'homme le pressa davantage et sans ménagement contre la roche en se relevant.

— Aidez-le à se relever, ordonna Inona.

Les hommes la regardèrent d'un air mauvais, mais quand Kien opina de la tête, l'un d'eux se baissa et hissa Delbin sur ses pieds. L'homme le poussa en avant. Delbin chancela et faillit se retrouver de nouveau à terre avant de retrouver l'équilibre.

Un ricanement résonna sur le côté. Le troisième homme. Inona le dévisagea d'un air contrarié. Elle aurait dû mieux réfléchir à son plan d'attaque. Il lui avait semblé malade, mais si elle s'était trompée ?

— On dirait bien que vous n'êtes pas aussi puissant qu'il y paraît, dit l'homme d'une voix étouffée par ses ricanements.

Kien se raidit, et Inona pouvait presque littéralement sentir la rage émanant de lui.

— Dit l'homme qui a tout fichu en l'air. S'il te reste une once d'énergie, ferme-la et agis.

Les ricanements cessèrent, laissant place à un profond silence. Les deux malfrats derrière Delbin échangèrent des regards inquiets, avant de tourner leurs yeux emplis de doute vers Kien. Étaient-ils moins loyaux que ce qu'Inona avait supposé ? L'un d'eux se décida quand même à parler.

— Qu'est-ce qu'on doit faire ?

— Détachez mon ami, répondit Inona avec véhémence, ou je n'hésiterai pas à trancher la gorge de Kien.

— Tu n'oserais pas, rétorqua l'intéressé en ricanant.

Inona enfonça un peu plus sa lame, et il poussa un cri malgré lui.

— Je suis plus que disposée à écarter toute menace.

L'énergie vibra dans l'air autour d'elle alors que son prisonnier tentait de la puiser en dépit de l'acier. Inona resserra encore sa prise au niveau de la blessure sur son flanc, lui coupant le souffle et entravant davantage sa magie.

— Détachez-le, grogna Kien.

Qu'allait-elle faire du prince ? Alors que les deux acolytes détachaient Delbin, elle réfléchit à ce dilemme. Elle ne pouvait pas simplement relâcher Kien. Il représentait une sérieuse menace pour Moranaia, et si elle ne pouvait pas le livrer au seigneur Lyr sans que Delbin y perde la vie, elle allait devoir le tuer elle-même. Ce n'était pas le scénario idéal. La magie noire était souvent synonyme de problèmes, et elle n'avait aucun moyen de savoir si le prince avait d'autres actions en cours.

Mais comment faire pour le ramener vivant ? De l'avis de tous, Kien était un mage puissant. Un illusionniste. À la moindre erreur de sa part, il s'en prendrait à elle. *Miaran*, elle n'était pas préparée à cela ! Qui se serait attendu à tomber sur leur plus grand ennemi au cours d'une mission aussi simple ? Elle aurait dû, apparemment.

Delbin se frotta les poignets une fois la corde déliée. Il regarda l'un des hommes à côté de lui.

— Merci, Patrick.

Les yeux de ce dernier devinrent vitreux et son corps se relâcha. Delbin venait-il de prendre le contrôle ? Kien se redressa et se débattit contre l'emprise d'Inona.

— Ne pense même pas à tenter de t'immiscer dans mon esprit, petit.

— Oui, je n'aimerais pas voir toute la crasse là-dedans. Merci du conseil, répondit Delbin, avant de reporter son attention sur l'autre homme. Et si tu allais aider mon amie ? Tu as de la corde juste là, tu vois ? Va attacher Kien.

— Je vais te torturer pendant des jours, rugit Kien.

Inona pressa de nouveau sa blessure pour le faire taire. Même si son bras était de plus en plus imbibé du sang de son prisonnier, elle demeurait déterminée.

— N'oublie pas le troisième, dit-elle à Delbin en croisant son regard.

L'homme affalé contre la colonne se mit à rire.

— Embarquez-moi cet imbécile. J'arrête les frais pour ma part.

— Vous ne régnerez sur rien sans mon aide, dit Kien.

— Ce n'est pas comme si nous avions régné sur quoi que ce soit avec.

Alors que l'homme avec la corde attachait les mains du prince, ce dernier recula brusquement. Inona resserra sa prise, son poignard traçant une nouvelle ligne sanglante. Kien sursauta en poussant un cri et l'autre homme profita de cette diversion pour attacher ses mains devant lui avec les gestes brusques et maladroits de quelqu'un sous contrôle mental.

De l'autre côté de la caverne, Delbin regardait la scène sans ciller, le corps tremblant. Son visage était devenu pâle, son souffle court. L'effort nécessaire pour maintenir un tel contrôle devait être immense. Il fallait qu'ils en finissent au plus vite.

Inona retira son bras droit de la gorge de Kien, retourna son poignard, et le frappa sur la tempe avec le manche. Il s'effondra contre elle, et elle grogna sous son poids. Mais elle était assez forte pour le supporter. Tandis que Delbin ordonnait à Patrick d'aller l'aider, Inona ajusta le prince dans son étreinte et commença à reculer vers la sortie.

— Pendant combien de temps vas-tu pouvoir les contrôler ? demanda-t-elle.

— Pas longtemps.

Inona jeta un coup d'œil au troisième homme au pied de la colonne.

— Et lui ?

— Pas possible pour moi, marmonna Delbin.

Elle fronça les sourcils d'un air dubitatif. Il ne pouvait pas quoi ? Puis elle comprit ce qu'il avait voulu dire. Si Delbin ne pouvait pas contrôler l'esprit du mage, ils devraient le ligoter aussi. Ce serait la meilleure chose à faire. Mais Delbin tremblait de manière visible à présent, et à en juger par son élocution laborieuse, il était évident qu'il n'allait pas tarder à perdre son emprise. Ils devaient se dépêcher.

— Ils vont nous tomber dessus dès que tu les auras relâchés.

Un sourire sombre s'afficha sur le visage pâle de Delbin.

— Non. Aucune chance.

Avant qu'Inona puisse lui demander ce qu'il voulait dire par là, les deux hommes poussèrent un cri, leurs mains volant jusqu'à leurs têtes. Un instant après, ils s'effondrèrent. Delbin chancela sur place, les yeux assombris par des cernes marqués. Mais il se remit rapidement en mouvement, traversant la caverne en titubant pour aller rejoindre Inona.

Après un dernier coup d'œil au troisième homme par-dessus son épaule, Inona se tourna pour quitter les lieux. Traîner Kien à travers le tunnel étroit n'allait pas être une mince affaire, mais elle n'avait pas vraiment le choix. Pas à moins que Delbin n'ait repris des forces.

— Je sais que tu es épuisé…, commença-t-elle.

— Je suis là.

Sans autre commentaire, il s'approcha à sa hauteur et glissa son épaule sous le bras gauche de Kien. Se répartissant le poids du prince, ils se dirigèrent vers la sortie. Il ne leur restait plus qu'à l'amener jusqu'au portail.

CHAPITRE SIX

Chacun des muscles du corps de Delbin le faisait souffrir lorsqu'ils arrivèrent à l'endroit où ils avaient laissé le pick-up. Bon sang, même ses canaux mentaux étaient douloureux. En plus de la décharge électrique singulière que l'un des lascars avait utilisée pour l'assommer, il s'était lourdement vidé de son énergie en prenant le contrôle de deux esprits à deux reprises. Il avait réussi à puiser suffisamment d'énergie pour tenir debout et avancer, mais seule une bonne cure de sommeil pourrait remédier au reste.

Poussant un soupir, il regarda le pick-up.

— Alors, comment on va faire ça ?

— On va le mettre à l'arrière, répondit Inona.

Delbin jeta un œil au plateau à moitié plein du véhicule. Des pièces détachées de manèges et quelques bacs de rangement occupaient la plus grande partie de l'espace, mais il devrait y avoir assez de place pour le prince. Mais quand même…

— Et si jamais il se réveille ?

Inona grimaça.

— Bonne question. Est-ce qu'on peut l'attacher à quelque

chose ? Il n'y a pas assez de place pour que je puisse m'asseoir à côté de lui.

La laissant soutenir le prince seule, Delbin se pencha par-dessus la ridelle du pick-up et observa les gros anneaux métalliques sur les côtés. Grunge les avait installés afin qu'ils puissent attacher les équipements et les bâches. Il sourit. *Je parie qu'il n'a jamais songé qu'on pourrait les utiliser pour attacher un prince.* Quoique, impossible de dire ce que le vieux Sidhe avait pu voir au fil des ans.

— On peut l'attacher aux anneaux d'arrimage, dit Delbin. Ils sont en acier, comme le plateau du pick-up. Ça devrait pas mal l'affaiblir.

— Bien, répondit Inona.

Delbin prit Kien sous les épaules tandis qu'Inona soulevait ses pieds. Ensemble, ils firent basculer le prince par-dessus la ridelle du pick-up et il atterrit sur le plateau dans un bruit sourd, accompagné d'un geignement. Delbin échangea un regard inquiet avec Inona.

— Il va rester inconscient combien de temps ?

Inona jeta un coup d'œil au prince.

— Avec le coup que je lui ai donné, probablement plus très longtemps.

— C'est bien ce que je craignais.

Delbin contourna précipitamment Inona et alla abaisser le hayon. Un sourire aux lèvres, il sauta dans le véhicule et commença à fouiller dans la boîte à outils située derrière le bric-à-brac. Il mit de côté les sangles à cliquet et les tendeurs. Formidable pour sécuriser les cargaisons inertes, mais pas pour… Ah ! Delbin s'empara du rouleau de corde en nylon. Il longea ensuite le corps allongé du prince jusqu'à ses mains.

Concentré sur le visage de Kien, Delbin projeta un brin de magie jusqu'à ce que son esprit touche les contours des boucliers mentaux du prince. Ou ce qu'il en restait. En quelques instants, il s'était faufilé assez loin pour pouvoir confirmer que

Kien planait dans cet univers étrange entre la conscience et l'inconscience.

Ils ne pouvaient pas le laisser se réveiller avant d'avoir rejoint Moranaia.

Delbin hésita. S'il se ratait avec sa frappe mentale, il pourrait bien réveiller Kien au lieu du contraire. Dame ! Alors qu'il réfléchissait au problème, ses doigts maniaient habilement la corde, les nœuds n'ayant plus de secrets pour lui après tant de temps passé sur la route. Une fois le prince bien attaché avec la corde aux anneaux en métal sur l'un des côtés du pick-up, il ne s'était toujours pas décidé.

Kien se mit alors à grogner et à bouger, et Delbin détecta le passage de son esprit vers un état de conscience. Plus le temps de débattre. Il rassembla son énergie et la projeta, comme une fléchette, dans l'esprit du prince.

— Qu'est-ce qui se passe ? murmura Inona.

Delbin leva une main pour lui intimer silencieusement de se taire. Est-ce que sa frappe avait fonctionné ? Il sonda les contours de l'esprit du prince. Lorsqu'il constata que le prince était bel et bien inconscient, il s'autorisa enfin à s'affaisser de soulagement – et d'épuisement – contre l'arrière de la cabine. Après avoir massé ses tempes douloureuses, il se redressa aussitôt et se força à bouger.

Sans faire de bruit, Delbin revint sur ses pas et sauta à bas du pick-up, avant de se tourner vers Inona.

— J'ai dû le faire replonger.

Elle opina de la tête.

— Allons-y.

Ils ne perdirent pas de temps pour se mettre en route. Le temps qu'Inona attache sa ceinture de sécurité, Delbin était déjà sorti de la place de stationnement, et avec les sentiers de randonnée déserts à cette heure tardive, il n'eut aucun scrupule à écraser l'accélérateur en traversant le parking sombre et sur la route au-delà. Heureusement qu'il ne faisait pas jour. Ils n'auraient jamais pu se balader avec Kien attaché à l'arrière sans se faire remarquer.

— Je suis étonnée qu'il n'ait pas monté le camp plus près du portail, dit Inona.

Le regard de Delbin passait sans cesse de la route à son rétroviseur, même s'il pouvait à peine distinguer la silhouette de Kien à l'arrière.

— Je pense que la colonne y était pour quelque chose.

Il sentit le regard interrogateur d'Inona.

— Quelle colonne ?

— Désolé. J'avais oublié que tu n'étais pas là à ce moment, répondit Delbin. Il y avait un endroit où une stalagmite et une stalactite se rejoignaient presque. Dans l'espace entre elles, ils avaient placé un cristal. Le point focal du sort.

— Je n'ai rien vu de tout ça.

Delbin tourna les yeux vers elle devant son ton inquiet. Elle commença à taper nerveusement du pied et ajouta :

— On n'aurait pas dû laisser le mage. Il aurait au moins fallu l'attacher.

Delbin fronça les sourcils d'un air perplexe en regardant la route sombre.

— On n'avait pas le choix. C'est Kien la priorité, non ?

— Oui, bien sûr. (Elle soupira.) Mais j'ai peur que le fait de ne pas avoir capturé les trois autres nous revienne en pleine figure.

Est-ce qu'il devrait lui dire ce qu'il avait fait ? Delbin avait été exilé de Moranaia il y a si longtemps qu'il n'était pas certain des règles applicables dans ce genre de situation. Mais il n'y avait qu'un moyen de le savoir.

— J'ai effacé la mémoire des deux qui étaient sous mon emprise. Je n'ai eu ni le temps ni l'énergie de faire pareil avec le mage, mais j'ai lu dans ses pensées. Il était sérieux à propos d'arrêter de traiter avec Kien.

La nervosité de Delbin s'accrut, le rongeant de l'intérieur, jusqu'à ce qu'Inona prenne la parole.

— Le rapport que je vais devoir faire sera le plus bizarre de toute ma carrière.

Delbin aboya de rire, stupéfait.

— C'est tout ce que tu en penses ?

— Tu croyais que j'allais te le reprocher ? demanda-t-elle d'un ton surpris. Un exilé ne doit pas utiliser la magie pour faire du mal de manière générale, mais dans un cas comme celui-ci, c'était une question de vie ou de mort. Personne ne se dira que tu aurais dû choisir la mort.

Il réfléchit à ce qu'elle venait de dire tout en suivant la route de montagne sinueuse en direction du portail. Il n'avait peut-être pas enfreint autant de règles qu'il le pensait à son arrivée sur Terre. Les dix premières années avaient été les plus difficiles, mais il avait toujours veillé à ne pas utiliser ses pouvoirs à des fins personnelles. Allafon avait été pour lui le parfait exemple du caractère à la fois grisant et dangereux de la manipulation.

Delbin refusait de devenir le monstre qu'il pourrait aisément être.

Alors qu'ils tournaient sur la route menant au portail, Inona reprit la parole :

— Où va-t-on s'arrêter ? Il n'y a aucun endroit où se garer dans le coin et on ne peut pas décharger Kien à la vue de tous.

Delbin ricana.

— Ça, c'est vrai. Il ne faut jamais sous-estimer la capacité des gens à faire quelque chose de stupide. Sans savoir de quoi il retourne, en général.

— Je ne pourrais pas dire si tu es amusé ou amer, dit Inona. On dirait qu'il y a une histoire derrière ça.

— Tu voyages autant que moi, tu vois bien comment les gens peuvent réagir parfois, dit Delbin en lui adressant un petit sourire en coin, avant de se reconcentrer sur la route. Et ce n'est certainement pas réservé qu'aux humains.

Inona se tut pendant un moment.

— Qu'est-ce qu'on devrait faire d'après toi, alors ? finit-elle par demander.

Il fronça les sourcils, en pleine réflexion.

— Laisse-moi voir si je peux me rappeler un endroit à proximité.

— Te rappeler ?

— Je mets un point d'honneur à connaître les alentours de tous les portails sur notre route, répondit Delbin.

À la sortie de la bourgade, il passa en revue les arbres plongés dans l'obscurité sur sa droite. Oui, toujours là. Il ralentit et engagea le pick-up sur un chemin en terre cabossé que les phares peinaient à éclairer.

— Il y a une vieille maison de l'autre côté de l'escarpement abritant le portail. Je ne sais pas si elle est habitée par contre.

Inona éleva la voix pour couvrir les grondements du véhicule.

— Qu'est-ce qu'on fera si c'est le cas ?

— Rien, probablement. On s'arrêtera avant d'arriver à la maison.

La forêt commençait à devenir moins dense et le chemin tournait à droite. Le clair de lune inondait la colline dénudée ondoyant au-delà. Cette dernière s'étirait jusqu'à l'escarpement, mais c'était impossible à voir de là où ils étaient. La dernière fois que la foire s'était installée à Chattanooga, Delbin s'était promené dans les environs, profitant de l'énergie du portail. Rêvassant en songeant à son monde natal. Hélas. Ces cent années de sacrifice pourraient bien s'avérer vaines si son frère était mort.

Delbin serra la mâchoire à cette idée, mais il se contenta de freiner et de garer le pick-up. Cela ne servait à rien de s'attarder sur un passé qu'on ne pouvait pas changer.

— Allons-y, déclara-t-il sèchement, s'extirpant du pick-up avant qu'Inona puisse faire un commentaire.

Il l'entendit refermer sa portière alors qu'il se dirigeait vers l'arrière du véhicule, mais elle ne dit rien. Tant mieux. Lui-même ne comprenait pas cette soudaine saute d'humeur. Delbin soupira et jeta un œil par-dessus la ridelle du pick-up. Il se figea. L'endroit où Kien était allongé était à présent vide, hormis une mare de sang et une corde enchevêtrée.

— Bon sang ! s'exclama Delbin.

Inona le rejoignit précipitamment.

— Quoi ?

— Il est parti.

Elle s'accroupit et s'adossa au pick-up, balayant les alentours du regard. Agrippant fermement le poignet de Delbin, elle l'enjoignit à se baisser également.

— Quand l'as-tu vu pour la dernière fois ?

Delbin y réfléchit. Avait-il regardé dans son rétroviseur après avoir emprunté le chemin de terre ?

— Sur la route principale, c'est certain. Quand on a tourné dans les bois, il faisait trop sombre.

— *Clechtan !* jura Inona. Il faut y aller. S'il arrive au portail en premier, qui sait où il ira.

Avant que Delbin puisse dire un mot, elle avait filé hors de vue.

INONA N'ATTENDIT PAS DE VOIR CE QUE DELBIN ALLAIT FAIRE. SI Kien s'était échappé près de la route principale, il avait peut-être contourné l'escarpement pour rejoindre le portail. Même si un sort de protection était techniquement en place pour empêcher le prince de se rendre à Moranaia, il y avait bien d'autres royaumes dans lesquels il pourrait s'échapper. Des royaumes où elle ne saurait pas comment le retrouver.

Au lieu de traverser directement la colline dénudée, Inona coupa par la droite jusqu'à ce qu'elle atteigne les bois bordant l'extrémité sud de l'escarpement. Elle projeta ses sens autour d'elle aussi loin que possible avec le peu d'énergie à sa disposition. Aucun signe de Kien, mais elle détecta cependant la présence de Delbin juste derrière elle. En pénétrant dans les bois, elle sortit ses poignards et se dirigea prudemment vers le portail.

Ils arrivèrent au pied de la colline, là où la pente douce laissait la place aux lignes abruptes de l'escarpement. Inona sollicita Delbin par télépathie.

— *Je ne perçois pas sa présence. Et toi ?*

Un bref moment de silence.

— *Non. Bon sang ! J'aurais dû le placer sous emprise mentale, mais ça demande tellement d'énergie.*

— *Chose qui n'est pas vraiment abondante sur Terre*, grommela-t-elle, avant qu'une autre idée lui traverse l'esprit. *Tu es sûr qu'il était bien là avec nous ? L'hologramme qu'il a projeté ce matin était sacrément réaliste. Je ne suis pas certaine de l'étendue des pouvoirs d'un illusionniste.*

— *Les illusions ne saignent pas, et même si c'était le cas, elles ne laisseraient pas de sang derrière elles. Il y avait une mare de sang à l'arrière du pick-up.*

Au moins, cette inquiétude-là pouvait être écartée. Mais Inona n'avait toujours pas détecté la présence de Kien le temps qu'ils arrivent au portail, et une brève inspection de la zone ne révéla aucune trace de dérangement. Pas d'empreintes de pas, pas de sang. Elle ferma les yeux et se connecta aux boucliers entourant le portail. Fort heureusement, personne n'était passé par là.

Où avait-il bien pu aller ? Était-il retourné dans la grotte ? Le prince parvenait peut-être à détecter leur présence de façon à pouvoir rester hors de vue.

— *Tu as dit qu'il y avait une maison du côté nord de l'escarpement ?*

— *Oui*, répondit-il d'un air dubitatif. *Enfin, plutôt nord-ouest. Tu penses qu'il est là-bas ?*

— *Je suppose qu'il n'y a qu'un moyen de le savoir.*

En silence, ils longèrent l'escarpement jusqu'à la lisière de la forêt. La paroi rocheuse avait rétréci jusqu'à leur arriver à la taille, et il ne fallut pas longtemps avant que l'escarpement se fonde dans les collines en pente douce autour de lui. Inona sursauta lorsque Delbin lui agrippa le poignet, la faisant gentiment pivoter vers la gauche, en direction du versant faiblement boisé.

— *La maison se trouve dans les bois au pied de cette colline.*

Inona opina de la tête et, après un bref moment d'hésitation, elle libéra son bras. Même si elle appréciait son contact, elle voulait avoir les mains libres pour pouvoir se battre. Après lui avoir adressé un petit sourire, elle se remit en route, projetant ses sens aux alentours. Elle ne percevait rien en provenance de Kien ni aucune surcharge énergétique qui pourrait indiquer qu'un mage était à l'œuvre.

Avait-il sauté du pick-up plus tôt que ce qu'ils avaient supposé ?

Inona ne détecta rien en se dirigeant vers la vieille maison, un bâtiment en bois de deux étages aux volets branlants et à la peinture écaillée. La ferme avait clairement connu de meilleurs jours, et pourtant… Le regard d'Inona se posa sur une fenêtre à côté de la porte de derrière. Une lumière.

Faisant signe à Delbin de la suivre, elle se faufila plus près pour finalement s'arrêter brusquement au son d'un aboiement rauque. Un chien ? Inona sonda les alentours alors que Delbin se figeait dans son dos. Là. Presque à l'angle de la maison, un chien était attaché à une chaîne. La porte de derrière s'ouvrit en grinçant, et Inona renforça le sort de camouflage autour de

Delbin et d'elle-même au moment où un jeune homme passait la tête par la porte.

— Tais-toi, Ginger, ordonna l'homme. J'ai presque fini.

L'homme se retira, claquant la porte derrière lui.

— *Tu as pu lire dans ses pensées ?* demanda Inona à Delbin.

— *Oui. Il a acheté la maison il y a quelques semaines et il est en train de la réaménager. Il fait de la peinture,* poursuivit-il d'une voix mentale amusée, *alors il a laissé le chien dehors. Il a eu un peu de ménage à faire apparemment la dernière fois qu'il a laissé entrer Ginger. Des traces de pattes bleues partout.*

Inona sourit devant l'image que Delbin avait projetée dans son esprit pour accompagner son discours. Puis elle reprit son sérieux.

— *Rien sur Kien ?*

— *Non, je ne pense pas. Je n'ai capté aucune pensée à propos du chien qui aurait déjà aboyé plus tôt.*

Inona soupira.

— *Je m'en doutais. Faisons le tour et retournons au pick-up.*

Furtivement, ils firent le tour de la maison et traversèrent la forêt bordant le chemin. Le temps qu'ils arrivent en vue du véhicule, Inona avait envie de taper dans quelque chose de frustration. Kien pouvait être allé n'importe où, et il y avait peu de chances de retrouver sa piste sans une équipe de ses collègues éclaireurs pour chercher dans toutes les directions.

Elle ne pouvait pas prendre le temps de le traquer elle-même. Il était plus vital de retourner à Moranaia avec les informations qu'elle avait glanées à propos des manigances de Kien. De quoi le seigneur Lyr était-il au courant exactement ? Tous les éclaireurs avaient été prévenus de faire attention à Kien et de l'appréhender si possible, mais sans plus de détails. Des rumeurs avaient circulé à propos d'un affrontement, mais rien au sujet d'un sortilège visant à détruire l'énergie de la Terre. Quoi qu'il en soit, cette affaire était trop sérieuse pour supposer que Lyr était au courant.

Appuyé contre la ridelle du pick-up, Delbin avait les yeux rivés sur Inona.

— *Alors ? Qu'est-ce qu'on fait maintenant ?*

Inona se mordit nerveusement la lèvre. Il fallait qu'elle ramène Delbin dans son véritable foyer. Peu importe ce qui s'était passé, il méritait de savoir ce qu'était devenu son frère.

— *On devrait rentrer,* répondit-elle.

Il plissa les yeux d'un air dubitatif.

— *On ne devrait pas continuer un peu à le chercher ?*

— *Pas seuls,* affirma-t-elle en secouant la tête. *Je dois rentrer faire mon rapport et rassembler plus d'éclaireurs.*

Delbin l'observa un moment d'un air impassible, puis il opina de la tête.

— *Quand seras-tu de retour ?*

Inona croisa les bras.

— *Tu seras le premier au courant. Tu viens avec moi.*

———

La joie et l'effroi se mirent à batailler en Delbin, et les battements de son cœur lui martelaient les oreilles alors qu'il regardait fixement Inona.

— Je ne peux pas, finit-il par déclarer.

— Pardon ?

Il déglutit pour ravaler la boule qui se formait dans sa gorge.

— J'ai été officiellement exilé. Pour rentrer, je vais devoir faire face au jugement du *myern*, et je doute que celui-ci me soit favorable au vu des mensonges entourant mon départ. Et encore moins si je me montre honnête envers lui à propos de toutes les règles que j'ai *contournées* ici.

Inona rempocha l'un de ses poignards. Puis elle tendit subitement le bras et agrippa son poignet.

— Est-ce que je t'ai donné l'impression que tu avais le choix ?

Il se figea, surpris par la dureté de son ton.

73

— Tu es sérieuse ?

— Je pense que tu as des informations vitales pour Moranaia, répondit-elle en serrant son poignet plus fort. Jugement ou pas, tu viens avec moi.

Dame ! Bon, il ne s'était pas si mal comporté, non ? Il n'avait fait de mal à personne. On le renverrait probablement directement sur Terre, mais il n'avait rien fait qui pourrait conduire à son exécution ou à un isolement forcé. Du moins l'espérait-il.

— Je dois ramener le pick-up à Grunge.

Inona fit non de la tête.

— Ça devra attendre qu'on revienne.

— Non. (Elle le tira par le poignet, mais il refusa de bouger.) Je ne vais pas attirer d'ennuis à Grunge après tout ce qu'il a fait pour moi. Ce type dans la maison ne va pas tarder à s'en aller et s'il voit le pick-up, il va le faire remorquer. Peut-être même appeler la police.

Inona le lâcha à contrecœur.

— Très bien. S'il ne veut pas nous ramener jusqu'au portail après, on marchera. Mais si tu fais ça dans le but de créer des problèmes, je vais…

— Ce n'est pas le cas, l'interrompit-il en souriant. Je te promets que je vais rentrer avec toi.

— En route alors, dit Inona en se tournant vers le pick-up.

Elle marqua un temps d'arrêt, une main sur la ridelle du véhicule alors qu'elle jetait un œil au plateau.

— Hé, tu n'aurais pas un bocal par hasard ?

Delbin cligna des yeux, incrédule.

— Un… bocal ?

— Le sang renferme des pouvoirs, répondit-elle à voix basse. C'est dangereux, la magie du sang, mais le fait d'avoir un échantillon de celui de Kien pourrait nous aider pour le traquer.

Delbin frissonna.

— Allafon s'adonnait à la magie du sang, d'après les rumeurs.

Inona se rapprocha de Delbin et posa une main sur sa joue.

— Je te promets que ce n'est pas pour ça. Je pense que c'est dangereux de laisser le sang d'un mage puissant là où n'importe qui pourrait le trouver. On remettra le bocal au seigneur Lyr. C'est un homme intègre.

Le seigneur Lyr était-il donc si digne de confiance ? Delbin l'avait seulement rencontré quelques fois durant son exil, avant que Lyr cesse de venir sur Terre pour prendre la place de son père en tant que *myern*. Il ne savait pas grand-chose de cette histoire, hormis le fait que le père de Lyr était mort de façon subite. Il lui avait semblé bienveillant et juste durant leurs échanges. Mais plus important encore, Inona lui faisait confiance.

— Laisse-moi voir ce que je peux trouver, dit Delbin.

Il pressa la main d'Inona et s'écarta pour aller farfouiller. Il se rappelait avoir vu une caisse remplie de bocaux que Stephie avait achetés à un marché aux puces pour un projet artisanal qu'elle avait trouvé sur Internet. Delbin déplaça un tas de poteaux métalliques tordus ainsi que les deux vieux coussins de siège en dessous. Là. Sans perdre de temps, il fit sauter le cadenas qui fermait la caisse en plastique et souleva juste assez le couvercle pour pouvoir attraper un bocal.

— En voilà un ! s'exclama Delbin en levant le bocal devant lui.

Inona s'approcha pour observer le récipient en verre.

— Est-ce que ce sont des écritures sur le côté ?

Delbin tourna le bocal pour voir de quoi elle parlait, puis il sourit.

— C'est simplement le nom de l'entreprise qui a fabriqué le bocal. Rien de mystique ou autre.

— Ah…

Elle continua à observer le bocal un instant avant d'opiner de la tête.

— Ça devrait faire l'affaire.

Delbin remit le bocal à Inona qui dévissa le couvercle et se pencha par-dessus la ridelle du camion. Mais elle ne préleva pas le sang avec ses doigts comme il s'y était attendu. Au lieu de cela, elle agita une main au-dessus de la mare, et Delbin eut le souffle coupé par l'afflux d'énergie qu'il ressentit subitement. Le sang commença à s'agglutiner et à se soulever, flottant comme des gouttes d'eau dans l'espace. Les sinistres bulles rouges retombèrent dans le bocal sans une éclaboussure.

— Eh bien, ce tour-là doit certainement être utile pour faire le ménage, dit-il à Inona, alors qu'elle refermait le couvercle.

En dépit du caractère humoristique de son commentaire, elle le regarda d'un air sérieux.

— Tu n'as jamais vu ce genre de magie à Moranaia ?

Delbin haussa les épaules.

— J'ai vu des trucs, bien sûr, mais je ne me rappelle pas avoir déjà vu ça. J'étais assez jeune.

Les lèvres pincées, Inona s'abstint de tout commentaire. Elle se contenta de contourner le pick-up et ouvrit la portière côté passager d'un geste énervé. Delbin sourit et ouvrit sa propre portière. Il n'avait jamais vu quelqu'un s'indigner comme ça en son nom. C'était… agréable. Mais il s'assura d'adopter une expression plus impassible alors qu'il grimpait sur son siège. Il sentait qu'elle n'apprécierait pas une telle remarque.

CHAPITRE SEPT

Une heure à peine s'était écoulée avant que Delbin se retrouve une fois de plus devant le portail. Grunge les avait ramenés ici dans son fourgon et il avait même assuré à Delbin qu'il pourrait conserver sa place à la foire jusqu'à ce qu'il sache s'il allait être renvoyé ou non sur Terre. C'était toujours un souci de moins. À mesure que les moyens technologiques se développaient, il devenait de plus en plus difficile de tout recommencer à zéro.

— Tu es prêt ? demanda Inona d'un ton bienveillant.

Delbin prit une grande inspiration et acquiesça d'un hochement de tête. Il sursauta lorsqu'elle entrelaça ses doigts avec les siens, alors même que son corps et son cœur se réchauffaient devant ce geste. C'était bien réel. Après toutes ces années, il allait enfin rentrer chez lui. Carrant les épaules, il pénétra avec Inona dans le maelström du Voile.

Les brumes les enveloppèrent, si épaisses qu'il pouvait à peine voir ses pieds. Mais seulement pour un court instant. Un afflux d'énergie provenant d'Inona se déversa en lui et il tressaillit de manière instinctive alors qu'ils semblaient faire un bond en avant pour se jeter dans un tourbillon coloré. Delbin ferma les yeux pour contrer une vague de vertiges sous le coup de ce déplacement abrupt. Est-ce qu'il s'était produit la même chose auparavant ? Il avait été trop terrifié la première fois pour s'en souvenir en détail.

Le temps de quelques battements de cœur seulement, c'était terminé.

Delbin leva une main pour protéger ses yeux du soleil qui brillait soudain au-dessus de leurs têtes. Puis l'énergie de Moranaia commença à se déverser en lui, l'emplissant également d'espoir. Oh, dieux !

Un gémissement lui échappa lorsque ses réserves d'énergie se retrouvèrent pleines pour la première fois depuis son exil. Il pouvait sentir ses muscles se renforcer, sa magie s'accroître. Il ferma les yeux sous le coup de ce sentiment d'extase inattendu.

Suivi de près par une douleur agonisante.

Des voix se bousculaient dans son esprit – trop nombreuses pour pouvoir distinguer des mots. Il lâcha la main d'Inona pour plaquer ses paumes contre ses tempes, avant de tomber lourdement à genoux. Qu'est-ce qui… ?

La voix d'Inona lui parvint comme un murmure lointain. Avait-elle poursuivi son chemin sans lui ?

— Delbin.

Le souffle court, il s'efforça de consolider ses boucliers mentaux mis à mal. Trop de voix. Une foule ?

— Fais. Les. Partir, grogna-t-il.

— Qui ça ? demanda-t-elle calmement. Il y a seulement deux gardes dans la clairière.

Seulement deux ? Pourtant… Delbin injecta plus d'énergie dans ses boucliers mentaux, ajouta des couches à la bulle d'énergie invisible qui protégeait son esprit. Lentement, les voix commencèrent à s'estomper. La douleur à s'amenuiser. Ses propres pensées devinrent de nouveau claires.

Ses facultés s'étaient-elles développées à ce point depuis qu'il était parti ? Elles ne l'avaient jamais submergé de cette façon auparavant, mais il n'avait alors que seize ans. Il poussa un long soupir et ouvrit les yeux.

Inona était agenouillée devant lui, son regard inquiet rivé sur lui.

— Est-ce que ça va ?

Il cligna des yeux, surpris par sa proximité. N'avait-elle pas continué à avancer ? C'était certainement l'impression qu'il avait eue.

— Je ne sais pas ce qui s'est passé, répondit-il, mais je pense que ça ira.

Delbin pouvait sentir les pensées des autres cogner contre ses boucliers, juste à la limite de sa capacité à les entendre. Il grimaça et le visage d'Inona se brouilla devant ses yeux embués. Il se passa une main sur le front et cligna de nouveau des yeux pour éclaircir sa vision. Pourquoi ne parvenait-il pas à se maîtriser ?

Dieux, comme j'ai envie de le prendre dans mes bras ! J'aimerais en avoir le droit.

Alors que la voix d'Inona se ruait dans son esprit, Delbin sursauta. Ils avaient déjà communiqué par télépathie auparavant, mais il semblait évident qu'elle ne lui avait pas volontairement délivré cette confession. Qu'avait-elle voulu dire par « en avoir le droit » ? En même temps que ses pensées, il avait perçu un soupçon de l'attirance qu'elle ressentait pour lui, ce qui le laissait perplexe quant au sens de ses mots. Si seulement... Mais non. Il était hors de question qu'il sonde son esprit de manière intentionnelle.

Inona fronça les sourcils d'un air dubitatif.

— Tu es sûr que ça va ?

Delbin secoua la tête pour reprendre ses esprits. Ce n'était pas le moment de se focaliser sur l'aveu involontaire d'Inona. Malheureusement. Il ajouta une autre couche de protection entre son esprit et le sien.

— Oui.

Delbin se remit péniblement debout, le corps tremblant, alors qu'il se retrouvait face à son monde natal pour la première fois depuis cent ans. Le soleil filtrait à travers le feuillage des arbres immenses qui les entouraient, leurs branches plus éparses au-dessus de la clairière où ils s'étaient arrêtés. Deux gardes en armures de cuir flanquaient l'arche en pierre du portail, leurs visages impassibles tandis qu'ils l'observaient. Mais Delbin savait qu'il y en avait d'autres dans les arbres, habilement camouflés – sa connaissance des traditions et sa magie mentale lui conféraient cette certitude.

Malgré ses muscles animés de spasmes, Delbin se força à faire un pas en avant. Puis un autre. Ses bottes aux semelles en caoutchouc ne faisaient presque pas de bruit sur la terre compacte alors qu'il avançait d'un pas mal assuré vers la lisière de la clairière. Il pouvait sentir la présence d'Inona derrière lui, sa voix étant la plus forte de toutes celles qui cognaient contre ses boucliers mentaux. Son inquiétude rongeait peu à peu ses couches de protection, jusqu'à ce qu'il craigne de les voir voler en éclats.

— Je vais bien, murmura-t-il, se risquant à jeter un coup d'œil dans sa direction juste à temps pour la voir lever les yeux au ciel.

Inona tendit brusquement le bras pour le rattraper alors qu'il perdait l'équilibre.

— Manifestement.

Delbin fit une pause à l'extrémité de la clairière, là où démarrait le sentier menant à la demeure principale. Poussant un soupir, il s'adossa à l'arbre le plus proche. Inona le regardait fixement en haussant les sourcils, mais il se contenta de hausser les épaules. Comment pourrait-il expliquer ce qu'il ne comprenait pas ? Suite à la montée d'énergie initiale, il s'était senti plus fort que depuis bien longtemps. Alors pourquoi était-il ébranlé à présent ?

— Ce n'est pas un crime d'admettre qu'on est en surcharge, dit Inona.

Delbin cligna des yeux.

— Ça peut arriver un truc pareil ?

— Je n'en ai jamais été témoin, mais j'en ai entendu parler. Tu n'étais pas prêt pour l'activation intégrale de tes pouvoirs. Je suppose que ton corps a besoin de temps pour s'adapter. Mais je ne suis pas guérisseuse. Il y en a un au domaine, mais ça supposerait que tu puisses marcher jusque-là. Tu veux que je le contacte et que je lui demande de nous envoyer son assistant pour qu'il te transporte jusqu'à son cabinet ?

Alors qu'il s'écartait de l'arbre, Delbin capta la lueur joueuse dans le regard d'Inona. Elle l'avait volontairement mis au défi, sachant pertinemment qu'il ne voudrait pas d'une arrivée aussi peu glorieuse. Avec un sourire en coin pour toute réponse, il emprunta le sentier. S'il devait aller répondre de ses actes, il allait assurément le faire sur ses deux jambes.

— Tu viens ? appela-t-il par-dessus son épaule.

Un sourire aux lèvres, elle se hâta de le rattraper.

LE TEMPS QU'ILS ARRIVENT DEVANT L'ENTRÉE PRINCIPALE DE LA demeure du *myern*, Delbin avait plus ou moins récupéré – physiquement du moins. Il pouvait marcher sans trembler et chaque inspiration lui insufflait davantage de vitalité. Mais même s'il regagnait des forces, ses boucliers menaçaient de plus en plus de s'écrouler. Plus ils approchaient de la maison domaniale, plus il y avait de voix cognant aux portes de son esprit.

Moren lui avait fait emprunter les sentiers secondaires lorsqu'il l'avait guidé jusqu'au portail le jour de son exil, il n'avait donc jamais vu Braelyn, la demeure de Lyr, de ses propres yeux. Et par les dieux, quelle vision ! L'édifice en pierre couleur crème s'enroulait autour des arbres comme un serpent – et était presque aussi bien camouflé. De loin, la roche se confondait avec l'écorce des arbres voisins, mais en approchant de l'entrée, il put discerner des scènes forestières sculptées dans la pierre. Ce lieu tout entier était une œuvre d'art.

Mais bien trop peuplé, mettant à mal les boucliers défaillants de Delbin.

Il se frotta les tempes dans une tentative vaine de soulager la douleur. Puis il laissa retomber ses mains le long de son corps en avisant le regard inquiet d'Inona.

— Juste un petit mal de crâne, murmura-t-il au moment où un garde en armure de cuir ouvrait la grande double porte en bois pour leur permettre d'entrer.

Inona entra sans hésiter, mais Delbin s'arrêta sur le seuil. Est-ce que c'était bien un arbre qu'il apercevait *dans* la maison ? Le bâtiment était manifestement agencé autour des arbres, mais il s'était dit que ces derniers étaient... à l'extérieur. Droit devant lui, cependant, un escalier s'enroulait autour d'un tronc, énorme lui aussi. Il jeta un coup d'œil vers la gauche et demeura bouche bée devant un arbre encore plus massif occupant sa propre alcôve.

Eradisel.

Delbin avait entendu parler de cet arbre sacré ancestral, mais il n'avait jamais eu la chance de le voir. Oria n'était pas suffisamment important pour assurer la protection de l'un des neuf arbres. Son domaine natal n'avait en effet rien à voir avec ce qu'il avait sous les yeux. Les bâtiments étaient principalement en pierre, mais les grandes demeures ressemblaient davantage aux châteaux que l'on trouvait sur Terre. Le reste de Moranaia ressemblait-il à ce qu'il voyait ici ? Il était parti avant d'avoir été éduqué sur le sujet.

Inona lui prit la main.

— Aimerais-tu rendre visite à Eradisel ? Il y a un autel de l'autre côté pour communier en privé.

Delbin fut tenté de dire oui alors que l'énergie de l'arbre l'enveloppait et l'emplissait d'un sentiment de paix. Mais il désirait encore plus en finir avec la confrontation à venir.

— Plus tard, peut-être, répondit-il.

Inona hocha la tête et le fit passer devant l'escalier avant de tourner à droite. Il la suivit à travers un couloir sinueux en essayant de ne pas s'attarder sur les sculptures complexes ornant les murs. Dieux, il pourrait passer des heures à observer ces scènes forestières, si détaillées qu'il pouvait voir des animaux observer discrètement les alentours de derrière les arbres. Pourquoi Oria ne ressemblait-il pas à cela ?

Ils arrivèrent enfin devant une autre porte, plus petite. L'entrée était gardée par une femme au visage noir comme la nuit qui les observait sans ciller.

— Bon retour parmi nous, Inona. J'espère que ce que tu as à dire est vraiment urgent. Le seigneur Lyr n'était pas vraiment ravi d'avoir été interrompu.

Inona sourit.

— Fais-moi confiance. Il voudra entendre mes nouvelles aussi vite que possible.

— J'espère que tu as raison, répondit la sentinelle. Il est vraiment sous tension ces derniers temps.

— Je suis désolée, Kera. (Inona soupira et Delbin tourna les yeux à temps pour être témoin de son air contrit.) Comme tu es son assistante maintenant, ça doit être difficile pour toi aussi.

Kera haussa simplement les épaules.

— Les choses vont s'améliorer, comme toujours dans les périodes difficiles.

Alors que la sentinelle se tournait pour toquer à la porte, Inona lâcha la main de Delbin et redressa le dos. Il comprit pourquoi, puisqu'il s'agissait d'une réunion formelle, mais cette perte de contact l'attrista. *Ne joue pas à ça avec elle*, se rappela-t-il lui-même à l'ordre. Inona était une éclaireuse moranaienne et il était fort probable qu'il soit de nouveau exilé sur Terre. Son attirance pour elle n'avait pas d'avenir véritable.

Peu importe à quel point il souhaitait le contraire.

Kera ouvrit la porte et entra, directement suivie par Inona. Delbin mit ses rêveries de côté et leur emboîta le pas pour pénétrer dans une autre salle époustouflante. Il embrassa la vision du grand bureau ovale, avec ses nombreuses fenêtres et ses murs ornés d'une multitude de bibliothèques, mais son regard s'arrêta sur l'elfe au visage impassible qui se tenait debout devant un énorme bureau. Lyrnis Dianore, *myern* du domaine de Braelyn et de tous les domaines des maisons descendantes – y compris Oria.

Delbin déglutit avec peine devant le regard froid du seigneur Lyr. Son expression ne voulait rien dire, étant simplement de rigueur pour les réunions formelles, mais la gorge de Delbin se serra de nervosité. Lorsque Kera et Inona frappèrent leurs poitrines du poing avant de s'incliner, il fit aussitôt de même par réflexe, mais de façon lente et maladroite. Bon sang, qu'est-ce qui clochait chez lui ? Il avait déjà rencontré Lyr sur Terre sans être aussi anxieux.

Mais à l'époque, le seigneur elfe était vêtu comme un humain et se trouvait dans le fief de Delbin. Pas debout sur une estrade dans une tunique et un pantalon moranaiens. Et Delbin n'avait surtout pas une centaine de voix à peine bloquées en train de marteler son cerveau.

— Bonjour, Myern, dit Kera. J'amène devant vous Inona et la personne dont elle a la charge, l'exilé Delbin.

Le seigneur Lyr inclina la tête.

— Merci, Kera.

La sentinelle s'inclina de nouveau et se tourna pour partir. Alors qu'elle se dirigeait vers la porte par laquelle ils étaient entrés, elle adressa un bref clin d'œil à Delbin. Surpris, ce dernier ne put réprimer un sourire, mais il l'effaça de son visage à l'instant où Lyr reprit la parole.

— Je regrette de ne pas avoir le loisir de discourir longuement avec vous, dit le seigneur elfe en regardant Inona dans les yeux, mais j'espère que votre famille se porte bien ?

Delbin cligna des yeux devant cette question inattendue, mais Inona répondit d'un ton indiquant qu'elle n'était pas du tout surprise.

— Très bien, Myern. Tout comme la vôtre ?

Lyr esquissa un sourire.

— Ma fille s'adapte plutôt bien à la vie ici, et ma nouvelle âme sœur prend ses marques. Même Kai parvient à éviter les ennuis.

— Kai ? s'exclama Delbin.

Inona lui lança un regard agacé par-dessus son épaule. Delbin afficha un air contrit lorsque l'étiquette moranaienne lui revint en mémoire.

— Excusez-moi pour l'interruption. J'ai passé trop de temps sur Terre.

Étonnamment, le *myern* rit.

— J'entends fréquemment cette remarque ces derniers temps.

— Je... (Delbin secoua la tête d'un air incrédule.) Vraiment ?

— Plus que vous ne pouvez l'imaginer, répondit Lyr avant de reprendre son sérieux. Vous aviez une question à propos de Kai ?

Delbin se mit à danser d'un pied sur l'autre, se disant que le moment était peut-être mal choisi pour se montrer indiscret. Mais bon, il était susceptible de se faire de nouveau bannir de toute façon.

— Vouliez-vous parler de Kaienan ? Vous l'avez mentionné comme faisant partie de votre famille, mais il vient d'Oria. C'est le fils d'Allafon.

Lyr opina de la tête.

— Il a récemment été uni à ma fille, rejoignant ainsi cette maison.

— Ah...

BETHANY ADAMS

Le visage de Delbin s'échauffa et il eut soudain l'impression d'avoir de nouveau seize ans. L'étiquette était moins stricte pour les jeunes elfes, et il avait à peine commencé à apprendre les subtilités des réunions formelles lorsqu'on l'avait exilé.

— Veuillez excuser mon attitude maladroite, Seigneur Lyrnis.

Contre toute attente, le *myern* se détendit, croisant les bras sur sa poitrine en regardant tour à tour Delbin et Inona.

— Assez maintenant. De quoi s'agit-il réellement ? Un elfe de plus de trois cents ans devrait savoir comment se comporter au cours d'une réunion comme celle-ci, même s'il a passé un siècle parmi les humains. (Le regard de Lyr se braqua sur Delbin.) Parlez.

Delbin eut le souffle coupé par le pouvoir insufflé dans ce mot avec lequel un puissant ordre mental avait été projeté. Il vacilla, tentant désespérément de puiser de l'énergie alors que ses boucliers mentaux commençaient à s'effondrer. Il avait besoin d'aide, et vite.

— Inona, appela-t-il en haletant.

— Il est télépathe, expliqua-t-elle à sa place. Du genre puissant.

La douleur s'intensifia jusqu'à ce que sa tête ne soit plus emplie que d'un sentiment d'agonie et des voix d'autres personnes. La vision de Delbin s'obscurcit et il plaqua ses paumes contre ses tempes.

— Mal, marmonna-t-il alors que ses genoux flanchaient.

Puis il perdit connaissance.

CHAPITRE HUIT

Inona se précipita vers Delbin, le rattrapant de justesse avant qu'il ne s'effondre tête la première. Les battements de son cœur lui martelaient les oreilles alors qu'elle le retournait pour l'allonger sur le dos. Il avait semblé reprendre des forces durant leur marche jusqu'ici. S'acclimater. Et à présent, ça ? Elle prit son pouls et soupira de soulagement en constatant qu'il était régulier.

Lyr s'agenouilla à côté d'eux.

— Qu'est-ce qui vient de se passer ?

— Je pense qu'il y a un rapport avec l'énergie ici, dit Inona en tournant la tête vers Lyr, visiblement inquiet. Lorsque le seigneur Moren a inscrit dans les registres que Delbin avait plus de trois cents ans, il a menti. Delbin avait seulement seize ans quand il a été exilé.

Il y eut un bref silence le temps que le *myern* enregistre ses mots. Puis il pinça les lèvres d'un air irrité.

— Seize ans ?

Inona déglutit avec peine, la gorge serrée malgré le fait qu'elle n'était nullement responsable de tout cela.

— Oui, Seigneur Lyr. Et il semblerait que ses facultés

n'étaient pas entièrement développées à l'époque. L'énergie magique plus puissante de Moranaia l'a heurté de plein fouet. Il semblait se rétablir, mais…

Lyr poussa un juron avant de se relever brusquement et de se mettre à arpenter la pièce. Compte tenu des imprécations qu'il marmonnait dans sa barbe, Inona était plutôt contente de ne pas se trouver à la place de Moren.

Delbin gémit faiblement, attirant son attention, et elle observa attentivement ses traits à la recherche d'un signe indiquant qu'il allait reprendre connaissance. Mais ses yeux demeuraient fermés et son corps inerte, hormis sa poitrine qui montait et descendait au rythme de sa respiration laborieuse. Que pouvait-elle faire ? Et à ce propos, pourquoi le seigneur Lyr ne faisait-il rien ? Elle tourna les yeux vers le *myern* qui continuait à faire les cent pas. Cela ne lui ressemblait pas de ne pas agir rapidement.

La porte s'ouvrit et Lial, le guérisseur, entra en trombe, se dirigeant directement vers Delbin et Inona. Sans un mot, il s'agenouilla à côté de Delbin et plaça ses mains d'où irradiait une énergie bleue autour de sa tête. Inona recula, s'asseyant en tailleur, et regarda Lial faire son travail.

Mais lorsque la lueur bleue s'estompa et que le guérisseur leva les yeux, Delbin était toujours inconscient.

— J'ai appelé Ralan, dit Lial.

Lyr s'arrêta et le regarda d'un air perplexe.

— Pourquoi ?

— J'ai pu soigner les petits dégâts causés par la violente surcharge et je peux créer un bouclier autour de lui pour faire en sorte qu'il ne représente pas une menace pour les autres, expliqua Lial, mais je ne peux pas enseigner à un télépathe aussi puissant comment se maîtriser. Il est jeune, mais il devrait déjà savoir comment faire.

— C'est certain, rétorqua sèchement Lyr avant de tourner les yeux vers Inona. Que savez-vous de cette affaire ?

En attendant l'arrivée du prince Ralan, Inona répéta ce qu'elle savait à propos des facultés grandissantes de Delbin et de sa tentative d'échapper à Allafon pour sauver sa famille.

— Le seigneur Moren s'est donné beaucoup de mal pour cacher la vérité, conclut-elle enfin.

La mâchoire serrée, Lyr acquiesça d'un brusque hochement de tête. Inona n'aimerait *vraiment pas* se trouver à la place de Moren.

Les yeux de Lial brillaient de fureur lorsqu'il s'exprima.

— Delbin devrait être un apprenti à cet âge. Si jamais je mets la main sur...

— Pas maintenant, cousin, dit Ralan en pénétrant dans la pièce.

Inona retint son souffle lorsque le prince s'avança dans la pièce. Elle l'avait vu de loin après son arrivée sur le domaine, mais elle ne l'avait jamais rencontré en personne. On le disait sympathique, bien qu'un peu arrogant, mais elle ne put s'empêcher de se sentir un peu intimidée lorsque son regard la balaya avant d'aller se poser sur Delbin.

Lyr plissa les yeux d'un air colérique.

— Moren...

— ... nous a fait un sacré cadeau, l'interrompit Ralan. (En s'agenouillant, il regarda de nouveau Inona.) Bonne initiative d'avoir rassemblé le sang de Kien.

Inona tressaillit en entendant cela.

— Comment l'avez-vous... ? (Elle se rappela subitement son autre talent.) Je suis désolée. J'avais oublié que vous étiez devin.

Le prince rit de bon cœur.

— Ça arrive rarement.

Avant qu'elle puisse répondre, Ralan reporta son attention sur Delbin. L'énergie commença à s'accroître dans la pièce, mais la pression demeurait modérée, comme avant la pluie. Personne ne dit mot pendant un bon moment. Puis Delbin ouvrit les yeux.

Il se redressa brusquement dans un sursaut, ses mains volant jusqu'à ses tempes. Mais il les laissa retomber presque aussitôt.

— Qu'est-ce qui…?

Inona sourit et alors que les épaules de Delbin se détendaient, elle constata que sa propre anxiété diminuait.

— Une autre surcharge, dit-elle.

Clignant des yeux, Delbin regarda Lial, puis Ralan.

— Qui êtes-vous ?

— Lui, c'est le guérisseur, répondit Ralan, avant d'afficher un sourire satisfait. Et moi ? Je suis ton nouveau maître.

Le cœur de Delbin fit un bond.

— Maître ?

L'homme rit.

— Par tous les dieux, Ralan, cesse de faire l'idiot, dit Lyr.

Ralan ? Le prince ? N'avait-il pas quitté Moranaia plusieurs siècles auparavant ? Delbin se passa une main sur le front et pria pour retrouver rapidement ses esprits.

— Vous ne vivez pas sur Terre ?

— Plus maintenant, répondit le prince en reprenant son sérieux. Et pardon d'avoir joué sur les mots. Je n'ai pas pu résister. Cela dit, « maître » est bel et bien le terme technique pour désigner une personne en charge d'un apprenti.

— Apprenti ?

Bon sang, qu'est-ce qui n'allait pas chez lui ? Ses pensées étaient confuses même avec l'esprit clair. Plus aucune voix – pas même les murmures auxquels il s'était habitué sur Terre. Pourquoi était-ce plus difficile de réfléchir dans ce silence ?

— Ça risque de s'avérer compliqué. Une fois que vous aurez appris à quoi j'ai employé mes facultés durant mon exil, je suis sûr que je serai de nouveau banni.

Ralan afficha un sourire en coin.

— J'ai fait bien pire, crois-moi.

— Vraiment ? demanda Lyr.

— Je n'ai fait de mal à personne, rétorqua Ralan en haussant les épaules. Enfin, rien de méchant.

Delbin regarda Inona d'un air hébété. Elle lui sourit.

— Je ne pense pas que tu seras de nouveau banni.

— Je n'ai pas eu le temps d'y réfléchir, dit Lyr, mais il semblerait que le prince Ralan ait décidé pour nous.

Pendant un moment, Delbin ne put rien faire d'autre que rester assis, en état de choc, son regard passant tour à tour de Lyr au prince. Les choses ne pouvaient pas se résoudre aussi facilement. Une mascarade séculaire pardonnée sans grand débat ? À ce propos, avait-il envie de rester ici ? Toutes ces années à rêver de Moranaia, et à présent qu'il était ici, il était à peine fonctionnel. Il ne savait même pas s'il avait encore une famille.

C'était la première chose sur laquelle il devait se renseigner.

— Pouvez-vous me dire… ? (Delbin prit une grande inspiration pour se donner du courage.) Savez-vous ce qui est arrivé à mon frère ? Inona m'a dit qu'elle n'avait jamais entendu parler de lui.

— Votre dossier ne mentionnait pas l'existence d'un frère, répondit Lyr avec une moue dubitative avant de froncer les sourcils. Attendez. Votre nom de famille est Rayac. Ce nom m'est familier pour une raison ou une autre, mais je… Ah, *clechtan* !

Le temps sembla s'écouler au ralenti alors que Delbin se préparait à poser une question dont il craignait la réponse. Mais il fallait qu'il sache.

— Qu'est-ce qu'il y a ?

— Il y avait un Tenic Rayac parmi la liste de ceux qui ont été tués durant la confrontation finale avec Allafon. (Le visage de Lyr s'adoucit pour refléter sa compassion.) Il n'était pas… de notre côté.

Son frère du côté d'Allafon ? Delbin serra les poings.

— Pas possible.

Le *myern* s'offusqua de sa remarque.

— Vous me croyez capable de mentir à propos d'une telle chose ?

— Non, mais vous devez vous tromper.

Le cœur de plus en plus lourd, Delbin se remit debout. Il vacilla sous le coup d'un étourdissement, et Inona tendit le bras pour l'aider à retrouver l'équilibre. Il était cependant incapable de la regarder dans les yeux.

— J'ai quitté Moranaia pour le sauver. Ma mère lui a forcément parlé de ça. Pourquoi nous aurait-il trahis ?

— Il semblerait que nous ayons beaucoup de choses à éclaircir avec Moren, répondit sèchement Lyr. Mais je vous assure que je ne me trompe pas. J'ai tendance à retenir les noms de ceux qui ont essayé de me tuer.

Moren était venu sur Terre plus d'une fois au cours du dernier siècle pour veiller à la sécurité de Delbin. Ne l'aurait-il pas mis au courant ? Mais le seigneur Lyr était de l'avis de tous une personne intelligente et juste. Il n'avait pas la réputation de propager des mensonges, et quelle raison aurait-il de le faire ? Bien que Delbin ait l'estomac noué par la culpabilité, il commençait à croire que son frère s'était rendu coupable de ce dont on l'accusait.

— Si c'est vrai, cette ordure de Moren m'a menti. Il y a quelques années seulement, il m'a affirmé que ma famille allait bien.

Les regards baissés et le silence résonnant dans la pièce achevèrent de lui enfoncer la vérité dans le crâne.

Les battements de son cœur lui martelaient les oreilles à un rythme frénétique et sa vision se brouilla. Dieux, il se rappelait encore la première fois où il avait tenu son frère dans ses bras. Ces joues potelées et cette odeur de nouveau-né. Il était prêt à tout pour Tenic. Il *avait* tout fait. Il avait sacrifié ses amitiés, son éducation, sa réputation – tout son monde. Tout cela pour *rien*.

La fureur l'emporta sur la raison et une décharge d'énergie jaillit de Delbin comme le poing qu'il voulait écraser dans un mur.

Pour finalement se heurter à un bouclier qui n'était pas de son fait, une bulle d'énergie placée autour de lui par quelqu'un d'autre. La magie rebondit dans un léger craquement et Delbin tituba en arrière suite au contrecoup. Étouffant un juron, il massa ses tempes douloureuses. Il l'avait cependant mérité. Il pouvait causer une réelle souffrance aux autres en projetant ses pensées et ses émotions de force dans leurs esprits, et peu importe si c'était intentionnel ou non. Il serait toujours responsable.

Delbin prit une grande inspiration et s'efforça d'apaiser son esprit tourmenté. Dans peu de temps, il pourrait trouver un endroit privé pour libérer ses émotions et donner libre cours à sa rage. Pour l'heure, il se tourna vers la source du nouveau bouclier qui l'entourait.

Ralan afficha de nouveau un sourire satisfait.

— Le meilleur des boucliers pour enseigner la maîtrise de soi.

— Je n'ai peut-être pas envie de devenir votre apprenti.

Le prince haussa les épaules.

— Tu seras débarrassé de moi plus vite que tu ne le crois.

Delbin observa attentivement Ralan après avoir perçu une curieuse inflexion dans sa voix, mais s'il y avait un sens caché derrière cette déclaration, ce n'était nullement perceptible sur le visage du prince.

— Vous pensez que j'apprendrai vite ? finit par demander Delbin.

Cette fois, le sourire du prince ne reflétait aucune trace d'amusement.

— Tu n'auras pas le choix.

Delbin aurait voulu lui demander de clarifier ses propos, mais il savait que cela ne servirait à rien. Les devins n'étaient pas énigmatiques pour rien, et il y avait des choses qu'il préférait ne pas savoir.

— On verra bien, je suppose.

— Eh bien, ce sera sans moi, dit le guérisseur. J'ai du boulot ailleurs.

Lorsque le guérisseur tourna les talons et sortit de la pièce sans ajouter un mot, Delbin en resta bouche bée. Il avait entendu parler de son comportement irascible au chevet des malades, mais quand même ! Balayant la salle du regard, il constata que personne n'avait l'air choqué. Ce comportement était peut-être normal ? Il ne se rappelait pas grand-chose au sujet de la vieille guérisseuse à Oria.

Inona posa une main sur l'avant-bras de Delbin et pendant un instant, un soupçon de ce qu'elle ressentait se faufila de nouveau à travers ses boucliers. Pas seulement de l'attirance cette fois, mais aussi un désir de le protéger. Il plongea aussitôt ses yeux dans ceux d'Inona, mais n'y vit aucun signe de tels sentiments. Était-ce une mauvaise interprétation de sa part, ou n'avait-elle simplement pas l'intention de poursuivre dans cette voie ? Dommage qu'il n'ait pas le temps de le découvrir immédiatement.

— Ne te tracasse pas à propos de Lial, dit-elle. Il est encore plus grincheux que d'habitude ces derniers temps.

— Nous sommes tous sur les nerfs, et à juste titre, dit Lyr en redressant le dos. Je ne sais pas trop ce qu'Inona vous a dit au sujet de la trahison d'Allafon, mais nous avons tous échappé à la mort plus d'une fois. Et Kien est à l'origine de tout cela. Il a maintenu Allafon sous son emprise pendant un bon moment pour tenter de se débarrasser de moi.

Inona serra le bras de Delbin plus fort en se tournant vers le *myern*.

— Pardonnez-moi d'avoir échoué à le capturer, dit-elle.

Lyr secoua la tête pour la dédouaner.

— Vous n'étiez pas équipée pour une telle mission.

— C'est à moi de le faire, dit Ralan d'une voix dure. Et seulement à moi.

Delbin perçut quelque chose – une pensée ou une émotion – en même temps qu'il entendit les paroles du prince, mais la nature de cette chose demeurait juste hors de portée. Comme un vague souvenir. Sa curiosité était néanmoins piquée malgré lui. Ralan leur cachait-il quelque chose à propos de Kien ? Au vu du regard sévère du prince, Delbin décida qu'il ne voulait pas le savoir non plus.

Il avait déjà assez de choses à clarifier.

— J'aimerais savoir quel sera mon rôle ici. Si vous pensez devoir affronter Kien seul, pourquoi voulez-vous que je devienne votre apprenti ?

Un souvenir de son frère quand il était bébé, riant dans les bras de leur mère, emplit l'esprit de Delbin et une boule se forma dans sa gorge. Il serra les poings avant d'ajouter :

— J'ai moi-même un tas de bonnes raisons pour me lancer aux trousses de Kien.

— Canalise ton énergie, dit Ralan d'un ton mordant, alors que la colère de Delbin refaisait surface. On reparlera de ça plus tard.

Lyr croisa les bras.

— Tu nous caches encore des choses ?

Ralan lança un regard irrité à Lyr.

— C'est une question de timing. Et pour répondre à la question que Delbin se pose vraiment, nous allons rester ici jusqu'à ce que sa magie soit stable. Ensuite, il retournera sur Terre.

Eh bien, ne l'avait-il pas vu venir ? Delbin grinça des dents.

— Moi qui pensais que je ne serais plus banni.

— Tu ne seras plus jamais exilé, dit Ralan d'un ton absent, mais je ne suis pas certain que tu vivras ici un jour.

Delbin frissonna et leva brusquement les yeux. Il ne devrait pas demander. Mais il ne pouvait pas s'en empêcher.

— La mort ?

Ralan cligna des yeux comme s'il reprenait ses esprits.

— Je ne parlais pas de la mort. Quand tout ça sera fini, tu devras trouver ta place. Les choix pourraient bien être plus nombreux que ce que tu imagines.

Delbin renifla avec dérision.

— C'est clair comme du jus de boudin.

— Quoi ? demanda Inona.

Lyr semblait également perplexe, mais Ralan ricana.

— Une expression terrienne. Delbin, c'est parfois tout aussi flou et frustrant pour moi, crois-moi.

Crois-moi. Combien de personnes lui avaient dit cela durant le dernier siècle ? Delbin carra les épaules.

— On attend beaucoup de confiance de ma part, mais peu de choses sont faites pour la gagner.

Ralan battit l'air de la main d'un geste nonchalant.

— Tu sais bien que j'ai dit ça comme ça.

— Je le sais, répondit Delbin. Et j'accepte d'être votre apprenti. Mais vous avez raison quand vous dites que j'aurai des décisions à prendre. À ce stade, je ne sais absolument pas où se trouve ma place. Quant à la confiance… Après la façon dont Moren m'a menti au sujet de ma famille, je ne sais pas quand je pourrai de nouveau l'octroyer.

À côté de lui, Inona recula de manière subtile. Pensait-elle qu'il parlait d'elle ? Durant le peu de temps qu'ils avaient passé ensemble depuis leur rencontre, elle avait fait plus que quiconque – hormis Grunge – pour gagner sa confiance. Elle avait cru en lui, l'avait soutenu. Mais il ne pouvait pas lui dire tout ça devant les autres sans l'embarrasser. Inona était trop secrète pour ça.

Les épaules de Delbin s'affaissèrent et il se passa une main dans les cheveux.

— Y aurait-il un endroit où je pourrais me reposer ?

CHAPITRE NEUF

Appuyé contre l'encadrement de la fenêtre, Delbin avait les yeux rivés sur la forêt. C'était tellement étrange de se retrouver ici après avoir passé un siècle dans le monde des humains, surtout durant les temps modernes. Pas de bouchons sur les routes ici, pas de cris – rien de tous ces bruits de la vie qui composaient une symphonie propre aux humains. Parfois, il percevait l'écho d'une voix ou un rire d'enfant en contrebas de la fenêtre de sa tour. Mais la plupart du temps, il entendait seulement le bruissement des feuilles dans la brise, le pépiement des oiseaux, et les cris divers des petites créatures de la forêt.

Les forêts terriennes, quant à elle, ne semblaient jamais aussi paisibles.

Il n'avait fait que regarder fixement par la fenêtre durant l'heure écoulée depuis qu'on lui avait montré ses quartiers, une chambre ronde en dessous de celle de Ralan. La sentinelle, Kera, lui avait dit que l'âme sœur de Lyr avait effectué un bref séjour ici après son arrivée. Une dame d'Alfheim, le royaume des elfes de lumière. Delbin sourit. Il connaissait quelques païens qui deviendraient fous s'ils pouvaient rencontrer l'une des Ljósálfar des légendes nordiques. Non pas que les humains étaient au courant de la véritable nature de Delbin. Il n'avait confié ce secret à personne.

Il posa son front contre le cadre de la fenêtre et ferma les yeux. Qu'allait-il faire ? Delbin avait rêvé de retourner dans son monde natal pendant de nombreuses années, mais à présent qu'il était ici, tout lui semblait étranger. Cela dit, ce n'était pas vraiment mieux sur Terre. Il n'avait jamais vraiment pu se rapprocher de qui que ce soit de peur que l'on découvre la vérité sur lui. Les humains ne parvenaient déjà pas à voir au-delà de leurs propres petites différences. Combien y avait-il de chances pour que les elfes puissent avoir une vie paisible sur Terre sans avoir à se cacher ?

Aucune.

Quelqu'un toqua à la porte. Delbin s'écarta de la fenêtre et se tourna vers la porte. Il projeta délicatement une sonde mentale pour voir qui était là et poussa un juron en constatant que le bouclier de Ralan inhibait ses pouvoirs. Génial. Delbin marcha jusqu'à la porte d'un air renfrogné et l'ouvrit d'un geste brusque. Le visage hébété d'Inona l'accueillit.

— Ce n'est pas le bon moment ? demanda-t-elle.

Delbin se passa une main dans les cheveux et se força à se calmer.

— Pas vraiment. C'est juste que j'ai les nerfs à vif pour l'instant. Et j'en ai marre de me sentir inutile.

Elle pencha la tête de côté.

— Inutile ?

— Et si tu entrais ? demanda Delbin au lieu de lui répondre.

Inutile qu'on les entende si quelqu'un se trouvait par hasard dans le coin.

Inona le regarda de façon curieuse, mais elle finit tout de même par hausser les épaules et par pénétrer dans la chambre. Elle attendit qu'il ait refermé la porte pour parler.

— Y a-t-il un genre de secret dans l'air ?

— Non. Juste ma propre gêne, répondit Delbin avec un sourire penaud. J'étais agacé à cause du bouclier que Ralan a placé autour de moi. J'ai l'impression d'être incapable de me maîtriser. Comme un enfant privé de magie par ses parents pour qu'il ne fasse pas de bêtises.

— Ralan semble être un bon juge de caractère.

Delbin en resta bouche bée. Est-ce que c'était une sorte de boutade ? Le visage d'Inona ne reflétait aucune trace d'humour.

— Je suis peut-être encore jeune à cent seize ans, mais je t'assure que...

— Oh, arrête, l'interrompit Inona avant de se mettre à rire. C'était trop facile.

— Tu...

Il se tut brusquement. Inona le taquinait ? Très bien, autant en profiter pour s'amuser un peu.

— Ah, eh bien, tu as beau être vieille, c'est toi qui as amené le gamin turbulent que je suis ici. Je suppose que tu n'as pas grand-chose à dire pour ta défense ?

— Vieille ? dit-elle en tapant du pied. J'ai quatre cent quatre-vingt-neuf ans, pas cinq mille.

— Ouah, tu as plus de trois cents ans de plus que moi. (Delbin sourit.) Je n'arrive pas à croire que je sois attiré par quelqu'un de si ancien.

Inona se figea en entendant cela, et il réalisa ce qu'il venait de confesser.

Dame !

INONA DEMEURA CLOUÉE SUR PLACE PAR UN CURIEUX MÉLANGE d'espoir et de peur. Il était donc réellement attiré par elle ? Dieux, rien ne pourrait lui faire plus plaisir que de concrétiser leur attirance mutuelle. Mais Delbin ne s'installerait peut-être jamais à Moranaia. Elle ne pouvait pas tomber amoureuse d'un autre homme qui serait amené à partir, même si c'était de manière volontaire cette fois.

— Je ne supporte pas l'incertitude, murmura-t-elle.

Delbin se frotta la nuque.

— Quoi ? Pourquoi dis-tu ça ?

— J'ai déjà eu ma part de tourmente.

Inona soupira. Devrait-elle lui révéler toute la triste vérité ?

— J'aimerais apprendre à mieux te connaître, mais avec le manque de stabilité dans ta vie, je ne suis pas sûre que je devrais.

Delbin la regarda fixement d'un air choqué. Puis il se passa de nouveau une main dans les cheveux, laissant retomber ses mèches blondes en désordre.

— Est-ce que quelqu'un t'a fait du mal ?

— Cet homme n'était pas mon âme sœur, mais je l'aimais, confessa Inona.

Elle essuya ses joues subitement humides et en feu à cause de cet aveu de faiblesse.

— On était ensemble depuis seulement quelques années quand une querelle a éclaté avec un domaine voisin. Keth était un petit seigneur, avec peu de possessions, mais il avait de l'ambition. Malgré les ordres qu'il avait reçus, il a riposté contre l'autre famille dans l'espoir de consolider son pouvoir.

Delbin parut perplexe.

— Juste comme ça ?

— Ça semblait effectivement sorti de nulle part. (Elle baissa les yeux.) Je me demande encore aujourd'hui pourquoi il a choisi de faire ça. Bien que je suppose qu'il n'a plus jamais été le même après la mort de sa mère.

Delbin s'approcha et la prit par les épaules.

— Tu ne devrais pas te blâmer pour ça.

Inona leva brusquement les yeux.

— Je...

— Je le pense vraiment. Je sais ce que c'est de regarder en arrière et de se poser des questions. Mais j'ai sondé assez d'esprits dans ma vie pour savoir qu'on ne peut pas changer les gens. Même quand on peut les contrôler, les forcer. Au final, le changement doit venir de la personne elle-même.

— Keth ne semblait pas disposé à le faire, dit-elle avec une moue chagrinée. Dieux, c'était un vrai désastre ! Après son exil, j'ai passé une bonne décennie à arpenter Moranaia sans but réel. Il a fallu du temps pour que je reprenne goût à la vie.

— Inona... (Delbin fit glisser ses mains le long de ses bras et entrelaça ses doigts avec les siens.) Je comprends. Vraiment. Mais je suppose que je suis trop habitué à la vie parmi les humains. J'ai vu tant de personnes parmi eux vivre et mourir en si peu de temps que j'ai appris à accueillir le bonheur à bras ouverts quand il se présente. Si tu n'es pas intéressée, je comprends, mais je n'aimerais pas passer à côté de cette chance d'être avec toi.

Les choses pouvaient-elles être aussi simples ? Elle s'était accrochée à sa souffrance pendant si longtemps, toujours méfiante des gens qui l'entouraient. Et pourtant, elle était là, en plein cœur d'un complot royal avec un homme qu'elle aurait considéré comme un criminel il n'y a pas si longtemps. Il était peut-être temps de lâcher prise, au moins un peu.

Soudain, Delbin afficha un sourire en coin.

— Hé, n'oublie pas que je pourrais bien me faire tuer par Kien. J'aimerais au moins pouvoir dîner avec toi avant.

Inona se surprit à rire.

— Je pense que c'est faisable.

Delbin l'attira plus près et elle s'autorisa à se blottir contre lui. En la prenant par la taille, il lui adressa un regard interrogateur. Inona le regarda droit dans les yeux pendant un instant avant d'opiner de la tête. Oui. Même leurs longues vies étaient trop courtes pour passer à côté du bonheur.

Il baissa la tête et ses lèvres vinrent effleurer celles d'Inona. Un contact doux et léger comme une brise printanière. Inona ferma les yeux et son soupir se mêla au souffle de Delbin. Une telle étreinte était merveilleuse, un luxe qu'elle s'était rarement autorisé. Il était temps qu'elle s'autorise plus de choses. Inona vint poser ses mains sur les joues de Delbin en se hissant sur la pointe des pieds.

Puis elle approfondit leur baiser.

Lorsqu'Inona finit par s'écarter, ils étaient tous les deux à bout de souffle. Delbin lorgna le lit et réprima un grognement. Non. Elle n'était absolument pas prête pour ça. Dame, il ne savait pas si lui-même l'était. Il ferma les yeux et posa son front contre le sien. Sa vie était emplie d'incertitudes, mais il était certain d'une chose. Il voulait mieux connaître Inona.

Il esquissa lentement un sourire en se redressant pour la regarder dans les yeux.

— Tu penses qu'on pourra éviter les ennuis assez longtemps pour ce dîner ?

Elle rit.

— Après la journée qu'on a passée, je préfère ne pas me prononcer.

Quelqu'un toqua à la porte et Delbin étouffa un juron. Une fois de plus, il ne pouvait pas sonder la personne de l'autre côté. En temps normal, il aurait pu déterminer s'il pouvait ignorer ce visiteur et s'abandonner à l'envie qu'il avait d'embrasser de nouveau Inona. Ce bouclier de protection était réellement agaçant.

Il se rendit jusqu'à la porte et l'ouvrit brusquement, pour finalement trouver un Ralan à l'air irrité de l'autre côté.

— Je suis plutôt occupé, dit Delbin.

— Je le sais bien, répondit sèchement le prince. J'apprécierais vraiment que tu cesses de projeter.

Delbin fronça les sourcils, perplexe.

— De quoi parlez-vous ? Vous m'avez isolé.

— De tout le monde, excepté moi, grommela Ralan.

Son expression aurait pu sembler comique à Delbin s'il n'était pas aussi agacé.

— C'est mon bouclier, donc il y a un lien, expliqua Ralan. Coupe-le.

Delbin regarda fixement le prince pendant un instant. Puis l'humour finit par prendre le pas sur l'agacement, et il rit.

— Désolé.

— Je vois bien à quel point tu es désolé, dit Ralan, qui semblait tout de même moins irrité.

— Je suppose qu'on devrait se mettre au travail, dit Delbin, avant de regarder Inona. Après dîner.

Ralan battit l'air de la main, un sourire aux lèvres.

— Je me sens d'humeur généreuse. Je reviendrai vers toi plus tard.

Une fois le prince parti, Delbin se retourna vers Inona. Il se sentait plus léger d'une certaine manière, comme si la noirceur de la trahison de son frère, un frère qu'il n'avait même pas eu l'occasion de connaître réellement, avait été au moins un peu contrebalancée. Il y avait de la souffrance, mais aussi de l'espoir. Il n'avait aucune idée de ce qui allait se passer lorsqu'il partirait avec Ralan pour l'aider à pourchasser Kien – que le prince soit d'accord pour qu'il l'accompagne ou non.

Mais pour le moment, il était en vie. Demain serait un nouveau jour.

ÉPILOGUE

Bien qu'un siècle se soit écoulé, Delbin se souvenait du sentier à emprunter pour rentrer chez lui.

Il n'avait pas utilisé le portail reliant Braelyn à la demeure principale d'Oria, car Lyr voulait confronter Moren avant lui, et cela ne lui posait pas de problème. Il ne voulait pas l'entendre s'excuser ou inventer des prétextes pour justifier le fait de l'avoir laissé sur Terre alors que la menace avait été écartée.

Delbin voulait avant tout parler à sa mère.

Le fait de ne pas savoir le rongeait de l'intérieur. Il n'était de retour à Moranaia que depuis une journée, mais Ralan avait déjà menacé de l'étrangler pour son manque de concentration durant sa formation accélérée. Pas étonnant, dans ce contexte, que le prince ait donné son aval pour ce déplacement, même s'il avait un peu râlé à cause de la distance à parcourir à pied entre Braelyn et Oria. Malheureusement pour eux deux, Delbin n'avait pas encore acquis suffisamment de maîtrise pour être laissé seul en toute sécurité. Il allait simplement devoir surmonter l'embarras de se faire escorter jusque chez lui comme l'enfant inepte qu'il était apparemment ici. La présence d'Inona l'aurait aidé à se sentir mieux, mais elle avait dû partir pour compléter sa mission consistant à surveiller les exilés.

Quelques pas plus loin sur le sentier, la végétation luxuriante de la forêt laissait peu à peu place à la verdure soigneusement entretenue que sa mère préférait. Apparemment, elle passait encore des heures ici à faire pousser des plantes et à leur donner la forme qu'elle voulait. L'endroit ressemblait en réalité aux forêts bien aménagées que les gens utilisaient comme parcs sur Terre. Presque, mais pas tout à fait, naturel.

Ils prirent un tournant sur le sentier et le cottage apparut dans leur champ de vision. Delbin s'arrêta net, ses yeux enregistrant chaque détail. Un siècle écoulé, mais aucune trace de vétusté sur les murs couleur crème ou le toit aux ardoises bleues. Les arbres étaient sans doute plus grands, mais ils étaient déjà massifs durant son enfance. Seule la disposition des fleurs plantées dans la clairière entourant la maison était différente. Sa mère avait toujours aimé jardiner, c'était certain, mais c'était manifestement devenu une obsession. Des allées droites semblaient jaillir du cottage comme des rayons de soleil et entre chacune, l'espace était rempli de fleurs.

Magnifique… mais étrange. Les jardins de ce monde se fondaient généralement dans la forêt, comme un prolongement fluide de la nature. Delbin observa les fleurs d'un air dubitatif. Les allées, la plupart en tout cas, devaient être là avant, mais elles étaient séparées par des plantes différentes. Il avait barboté dans le petit bassin qui se trouvait… là, d'après ses souvenirs. Et à cet endroit, il s'était caché dans une haie pour échapper au bain. Il ne restait rien de tout cela à présent.

La porte s'ouvrit et sa mère sortit, un seau à son bras. Ses cheveux blonds étaient attachés en une longue tresse qui pendait dans son dos, comme lorsqu'il l'avait vue pour la dernière fois, mais son visage était marqué par des rides de chagrin et de fatigue non présentes à l'époque. Sa tunique et son pantalon étaient d'un brun terne, le tissu en loques. Sur le plan physique, elle ne semblait pas avoir beaucoup vieilli – et pourtant, on aurait pu croire qu'elle faisait partie des anciens.

— Je vais rester ici pour maintenir ton bouclier en place, mais je vais te laisser ton intimité, murmura Ralan. Vas-y.

Delbin commença à avancer sur des jambes flageolantes, chaque pas plus lourd que le précédent. Il ne voulait peut-être pas faire cela. Il préférait peut-être ne rien savoir, après tout. À quoi bon demander des réponses ? Si sa mère n'avait pas insisté auprès de Moren pour qu'il lui ramène son fils aussitôt après la défaite d'Allafon, il était possible qu'elle n'ait tout bonnement pas souhaité le revoir. Sa simple présence ici allait peut-être la peiner.

Alors qu'il arrivait à hauteur des fleurs, sa mère leva les yeux. Elle se figea comme une statue aussi solide que la pierre derrière elle. Mais seulement un instant. Elle ouvrit la bouche et son cri déchirant résonna dans l'air. Le seau heurta les pavés lisses sous ses pieds avec fracas alors qu'elle se précipitait vers lui, franchissant l'espace qui les séparait avant qu'il puisse réagir.

— Delbin !

Elle se jeta contre lui, ses bras enserrant fermement sa taille. Abasourdi, il l'étreignit en retour et lutta pour maîtriser ses propres boucliers, même avec l'aide de Ralan. Les émotions de sa mère parvinrent tout de même à s'infiltrer en partie dans son esprit – souffrance, joie, choc. S'écartant un peu de lui, elle porta ses mains tremblantes à son visage. Ses doigts passèrent dans ses cheveux, puis elle pressa de nouveau ses joues.

— Dieux, c'est vraiment toi, dit-elle d'une voix hachée, des larmes ruisselant sans relâche sur ses joues. Je te croyais mort. Tenic a dit…

Delbin se raidit.

— Tenic ? Tu veux dire le frère qui m'a trahi ?

Sa mère rougit, les traits tirés par une profonde souffrance.

— Tu es au courant.

— Pas grâce à Moren, répondit-il sèchement, le regrettant aussitôt en voyant sa mère tressaillir. Pardonne-moi, *laiala*. Je suis rentré depuis hier seulement. Le seigneur Lyr m'a informé de la défection de Tenic. Mais il n'a pas su me dire pourquoi.

Elle s'affaissa dans ses bras.

— Allons à l'intérieur pour discuter.

Delbin s'écarta en douceur et lui prit les mains.

— Je ne peux pas.

— Tu ne me pardonneras jamais ce qui s'est passé, n'est-ce pas ? demanda sa mère en détournant les yeux.

— Ce n'est pas ça.

Delbin ne pouvait pas s'empêcher de serrer ses mains dans les siennes malgré le malaise qu'il ressentait en sa présence. Quoi qu'il se soit passé, son chagrin était manifestement réel.

— Ma magie a souffert de surcharges énergétiques ici. Je dois rester dans le champ de vision de Ralan pour qu'il puisse maintenir un bouclier de protection autour de moi.

— Ralan ? Le prince, tu veux dire ?

Elle balaya les alentours d'un regard apeuré, et cette émotion ne s'estompa pas quand elle aperçut l'homme en question.

— Je suppose que je vais être punie pour ce que Tenic a fait.

Un frisson traversa Delbin malgré ses efforts pour le réprimer. Le fait que sa mère soit si effrayée par le prince signifiait-il que son implication avait été plus importante que ce qu'il croyait ? Elle avait peut-être souhaité qu'il s'en aille pour une raison obscure. Mais ce n'était pas logique. Elle avait été transportée de joie en le voyant arriver, et cette attitude ne collait pas avec celle de quelqu'un qui aurait comploté pour causer sa perte.

Delbin désigna un long banc en pierre situé entre le cottage et le premier parterre de fleurs.

— Si on s'asseyait ?

Sa mère opina de la tête, mais elle mit du temps avant de

lâcher ses mains et de se diriger vers le banc. Même une fois qu'ils furent installés, elle se positionna face à lui, tortillant ses doigts dans son giron comme si elle s'efforçait de ne pas le toucher. Son regard passait tour à tour de lui à Ralan, et Delbin ressentit son désespoir et sa résignation comme une gifle en plein visage.

— D'après ce que je sais, tu n'auras pas d'ennuis, dit-il gentiment. Mais si tu me disais ce qui s'est passé ? Pourquoi pensais-tu que j'étais mort ?

Les épaules de sa mère s'affaissèrent.

— Je... je n'ai pas dit à Tenic tout ce que j'aurais dû. Il ne se souvenait pas vraiment de toi, alors j'ai essayé de ne pas souligner ton absence quand il était trop jeune pour comprendre. Mais bien sûr, il a entendu des rumeurs sur son frère exilé en grandissant. Je lui ai dit que tu étais parti pour nous aider, et il semblait le croire, surtout alors que les rumeurs à propos de la cruauté d'Allafon ne cessaient d'enfler. Il a affirmé vouloir suivre une formation de guerrier pour trouver un moyen de combattre Allafon de l'intérieur, même si les plus grands atouts de Tenic étaient un soupçon de ta télépathie et plus qu'un peu de ma magie de terre.

Le cœur de Delbin fit un bond sous le coup d'un espoir naissant qu'il essaya de contenir.

— Il œuvrait contre Allafon ?

— Au... au début.

L'immense souffrance que les yeux de sa mère reflétaient souffla sa lueur d'espoir.

— Il s'est passé quelque chose ensuite. Il aurait dû poursuivre son apprentissage pendant plusieurs siècles encore, mais soudain, il a commencé à travailler au palais. Un jour, il est venu me parler... Il a dit que celui qui t'avait exilé m'avait menti. Que le seigneur Lyr avait ordonné ton assassinat et que travailler avec Allafon était la seule façon de se venger. Je ne savais pas quoi croire à ce moment-là. Les dieux soient loués, je ne lui avais jamais parlé de l'implication de Moren, qui, heureusement, a fait en sorte que les seules traces écrites de ton exil soient envoyées à Braelyn. Sans ça, Allafon nous aurait tous punis.

Delbin tenta de déglutir à travers sa gorge soudain sèche. Durant tout ce temps, Allafon s'était servi de lui pour manipuler sa famille, et non l'inverse.

— Pourquoi as-tu peur qu'on te blâme pour ce qui s'est passé ?

Sa mère plaqua son poing contre sa bouche et ses larmes recommencèrent à couler.

— J'aurais dû empêcher Tenic de suivre une formation à Oria. Je savais qu'il avait l'intention de s'infiltrer et je l'ai laissé faire. Je voulais que tu puisses rentrer à la maison, et j'ai pensé...

— ... qu'il pourrait aider à faire tomber Allafon plus vite. (Après un bref instant d'hésitation, il posa gentiment une main sur l'épaule de sa mère.) Je ne pense pas que qui que ce soit te fera des reproches pour ça.

— Moren n'est jamais revenu pour me donner des nouvelles, et je n'avais aucun moyen de lui faire parvenir un message. Tenic a fini par me convaincre que tu étais vraiment mort. Je me suis dit que Moren ne voulait pas admettre son échec. J'ai quand même essayé de persuader Tenic de quitter la cour d'Allafon, mais il ne pouvait pas voir au-delà de son désir de vengeance. Et j'ai cru... j'ai cru que je vous avais perdus tous les deux.

La maîtrise de sa mère fut comme emportée par un glissement de terrain, ses sanglots menaçant de les ensevelir tous les deux. Delbin étreignit sa mère jusqu'à ce que leur chagrin et leurs larmes s'entremêlent, et lorsqu'elle finit par se calmer, il dut chasser l'humidité de ses propres joues. Il était vraiment tenté de dire que tout ce temps passé loin de chez lui n'avait servi à rien, mais alors qu'il étreignait sa mère plus fort, il comprit que ce n'était pas vrai.

Si Delbin était resté, Allafon se serait servi de sa famille contre lui. Sa mère et son frère seraient très probablement morts – ou, pire, asservis. Son frère avait certes emprunté une mauvaise voie, mais cela ne rendait pas le sacrifice de Delbin inutile. D'innombrables personnes avaient sans doute été sauvées par son absence.

— Je vais bien, *laiala*, murmura Delbin. J'ai vécu de belles aventures sur Terre, et je vais rester un moment à Moranaia à me former avec le prince Ralan. Je ferai en sorte que tu n'aies plus jamais de souci à te faire à mon sujet, même si je dois voyager.

Sa mère se pencha en reniflant pour cueillir une fleur bleue de l'autre côté du banc.

— J'ai commencé par en planter une pour chaque jour où tu n'étais pas là. Après... après, j'ai continué à le faire pour chaque jour de chagrin. Si la plupart d'entre elles n'avaient pas besoin d'être remplacées chaque année, toute la forêt en serait recouverte.

Souriant, Delbin prit la fleur qu'elle lui tendait et fit tourner la tige entre ses doigts. C'était donc pour cela que le jardin avait pris une drôle de tournure.

— Je suppose que tu vas perpétuer cette tradition pour Tenic, mais au moins tu n'auras plus besoin d'en planter autant pour moi.

— Oui. (Elle esquissa un sourire et une lueur de joie vint éclairer son regard.) Oui, en effet.

Delbin coinça la fleur derrière l'oreille de sa mère.

— Bon. Tu veux faire la connaissance du prince ? Ne t'en fais pas, il est plus agaçant qu'intimidant.

Surprise, sa mère rit de bon cœur.

— D'accord.

Le chagrin ne s'était pas envolé, ni la colère de Delbin face à tout ce qu'ils avaient perdu. Mais lorsqu'il aida sa mère à se remettre debout et qu'ils se dirigèrent vers Ralan, il se sentit plus léger. Hormis quelques épisodes difficiles, il avait apprécié son temps sur Terre. À présent, il avait la chance de pouvoir se former avec un mage de l'esprit magistral, l'héritier du trône de Moranaia, et le prince avait plusieurs fois laissé entendre que des aventures encore plus folles l'attendaient dans le futur.

Parfois, le pire pouvait réellement conduire au meilleur.

FIN

BONUS : « THE GROVE BETWEEN »

Cette petite histoire ne se déroule pas dans le monde du Retour des elfes, *mais je l'aime tout autant. Alors, pourquoi l'ai-je incluse dans ce tome ? Simplement parce que la novella* L'Exilé *est assez importante pour que je puisse la publier sous forme de livre imprimé, même si elle est un peu courte. Voilà pourquoi j'ai ajouté cette nouvelle. J'espère que vous l'apprécierez autant que moi !*

ENTRE DEUX EAUX
Bethany Adams

Faen était perché à la frontière entre les dimensions, deux mondes déployés devant lui. L'arbre dans lequel il était accroupi était enraciné dans son propre monde, mais une prairie différente troublait sa vision. Les couleurs pâles, tellement moins vibrantes que celles de sa forêt, l'enthousiasmaient. Vraiment curieux, cet autre monde. Quel meilleur endroit pour accueillir l'aube chaque matin ?

C'est alors qu'*elle* apparut, et il faillit tomber de son arbre.

Une chevelure noire en bataille fouettait l'air derrière la femme alors qu'elle courait vers le couvert des arbres, directement vers l'endroit où il était perché. Faen agrippa la branche la plus proche pour ne pas perdre l'équilibre. *Une humaine.* Peu d'entre eux osaient s'aventurer jusqu'au bois, et aucun chaque fois qu'il s'était trouvé là. À sa perpétuelle déception.

Elle levait le pâle tissu de sa robe aussi haut que possible tandis qu'elle courait, et une cape violette voletait derrière elle. Le violet était chatoyant, mais elle était trop loin pour qu'il puisse discerner les détails du vêtement. C'était cependant suffisant. Seules les personnes les plus importantes parmi son peuple portaient des habits aussi somptueux. Mais pourquoi cette femme de haute naissance était-elle en train de traverser la prairie en courant à l'aube ?

Un aboiement retentissant provenant de derrière elle résonna dans le bois, suivi par un autre. Puis d'une multitude. Faen scruta l'horizon. Des chiens de chasse – et pas du genre habituel, en plus. Quelqu'un avait envoyé des chiens spectraux à ses trousses. Prêt à agir, les muscles gainés, il réfléchit néanmoins à ce dilemme. Il n'était pas interdit de circuler entre les différents royaumes, mais ce n'était pas recommandé. Et elle était humaine. Possiblement dangereuse – peut-être même une criminelle.

Mais bon sang, il ne pouvait pas l'abandonner à une mort certaine !

Alors qu'elle approchait, son regard se riva sur le sentier passant juste à côté de son arbre. Le sentier qui menait à la clairière sacrée où le peuple de cette femme avait jadis fait appel au sien. Faen grimaça. Elle ne recevrait aucune aide là-bas, et cela parce qu'un seigneur de son peuple avait autrefois déclaré que les Eiana étaient des *yonaiee*, des démons malfaisants apportant le malheur et la ruine. La reine des Eiana n'avait jamais oublié cet affront.

Le bruit sourd des pieds de la femme battant la prairie était audible entre les aboiements frénétiques des chiens. Elle jeta un coup d'œil par-dessus son épaule, un geignement désespéré lui

L'EXILÉ

échappant lorsqu'elle trébucha. Faen retint son souffle alors qu'elle se remettait d'aplomb, mais ils savaient tous les deux qu'elle ne pourrait jamais échapper aux chiens de chasse. Son visage au teint ambré était crispé d'effroi lorsqu'elle posa les yeux sur son arbre.

Pendant un instant, Faen crut qu'elle l'avait vu, même si c'était impossible. Il était trop ancré dans son propre monde. Mais tandis que les chiens filaient à travers la prairie derrière elle, elle leva les yeux et laissa tomber sa somptueuse cape violette à terre. Des oiseaux. Des oiseaux bleu et vert virevoltaient parmi des bannières dorées, le tout minutieusement tissé dans l'étoffe. De haute naissance, en effet.

La femme passa le pan arrière de sa robe entre ses jambes et le glissa dans sa large ceinture. Jetant un dernier coup d'œil aux chiens de chasse, elle agrippa une branche basse et commença à grimper. Ses chaussures à semelles souples dérapèrent contre l'écorce et ses bras tremblaient de manière visible, mais la peur lui permit de monter sur la première branche.

Cinq des chiens de chasse atteignirent la base de l'arbre. Leurs yeux lugubres étaient braqués sur la femme tandis qu'ils tournaient en rond en grognant. Méfiant, Faen ne fit pas un bruit alors qu'il descendait le long du tronc. Bien qu'elle ne puisse pas l'entendre, les chiens spectraux pourraient en être capables, et il aimerait autant ne pas avoir à les combattre avec elle au milieu. Ils ne pouvaient pas aisément pénétrer dans son monde, mais dans l'entre-deux qui séparait son royaume du sien ? Tous les coups étaient permis.

Alors que Faen continuait à se rapprocher, l'un des chiens bondit en direction des pieds de la femme, faisant claquer sa mâchoire à seulement un cheveu de sa cible. Faen ne pourrait jamais l'atteindre à temps si elle ne reprenait pas son ascension. Un second chien bondit et la femme poussa un cri lorsque son museau frôla son pied. Poussée à réagir, elle se tourna pour grimper plus haut. Mais ses pieds n'arrêtaient pas de déraper

115

contre l'écorce et ses bras tremblaient tellement que la branche qu'elle avait agrippée vibrait. Chaque avancée prenait un temps fou.

Pourquoi les chiens ne semblaient-ils pas vouloir la tuer ?

Un long grognement résonna en dessous d'eux juste avant que le premier chien bondisse de nouveau vers elle. Elle sursauta en l'entendant, son corps heurtant brusquement le tronc de l'arbre, et le pan de sa robe qu'elle avait coincé à la va-vite dans sa ceinture retomba pour venir entraver ses pieds. Elle tendit désespérément le bras pour agripper la branche qu'elle avait repérée, mais lorsque le chien referma sa mâchoire sur sa robe, elle ne saisit que de l'air. S'il tirait un bon coup, elle allait tomber.

Faen enroula ses jambes autour de la branche au-dessus d'elle et se pencha, matérialisant sa main dans son monde juste avant de la toucher. Elle leva brusquement ses yeux bruns à ce contact et un cri s'échappa de sa gorge. Mais il n'avait pas le temps de se demander pourquoi. Tout en la hissant vers lui, il se servit de sa magie pour la faire passer dans son monde.

Mio ne put rien faire d'autre que crier.

Sa vision s'assombrit, à tel point qu'il faisait presque noir. Était-elle en train de rêver ? Morte ? La douloureuse sensation de son cœur cognant dans sa poitrine démentait cette dernière supposition. Puis des picotements se propagèrent comme une traînée de poudre du sommet de sa tête jusqu'à ses orteils avant de disparaître. Subitement, sa vision s'éclaircit.

Une main était plaquée sur sa bouche, bloquant le cri guttural qu'elle continuait à pousser. Mio le ravala lorsqu'un visage lui apparut. Un visage… et le corps rattaché à la main. Balayant les alentours du regard, elle retint son souffle devant la forêt lumineuse qui l'entourait alors qu'il la redressait pour la faire asseoir devant lui. Ce monde n'était pas le sien. Ce n'était pas possible.

Cet homme était-il un Eiana ?

Mio l'observa, réfléchissant à la question. D'après la légende, le peuple de la forêt ressemblait beaucoup au sien, leur peau d'une teinte dorée plus profonde peut-être – presque couleur bronze – et leurs pommettes un peu plus hautes. Leurs yeux un peu plus ronds. Il était assurément doté de toutes ces caractéristiques. Cependant, les mariages mixtes entre son peuple et les Eiana existaient autrefois, avant que la magie soit interdite, et il n'avait pas l'air étranger au point qu'elle puisse être certaine de ses origines. Mais ses vêtements ? Ils étaient bien plus révélateurs que ses traits. Un cuir moulant d'apparence souple soulignait ses muscles contractés alors qu'il la maintenait droite en face de lui. Des feuilles étaient entrelacées dans ses cheveux noirs tressés. Personne ne se vêtirait de la sorte parmi les siens.

Mio tressaillit en croisant son regard vert mousse.

— Si vous avez l'intention de me faire du mal, vous feriez tout aussi bien de me renvoyer avec les chiens.

— Du mal ? demanda-t-il d'une voix légèrement chantante. Pourquoi vous aurais-je sauvée pour vous faire du mal ensuite ?

Elle haussa les épaules.

— Mon oncle n'a aucun scrupule à le faire.

— C'est lui qui a envoyé les chiens spectraux ?

— Oui, répondit Mio. Bien qu'il ne veuille pas me tuer pour l'instant. Ce serait peut-être mieux si vous vouliez me faire du mal finalement.

Il la dévisagea pendant un long moment.

— Ils ont été envoyés pour vous capturer, alors. Qu'est-ce qu'une femme de haute naissance comme *vous* a bien pu faire ?

— Votre sang coule dans mes veines, répondit-elle d'un air irrité. C'est suffisant.

Il s'adossa brusquement au tronc, faisant bouger la branche sur laquelle ils étaient assis.

— Je viens à peine d'avoir dix-neuf printemps. Mon sang ne coule dans les veines de personne, je vous le garantis.

— Pas *vous*, grommela Mio, légèrement amusée tout de même. Je voulais parler de votre peuple. Les Eiana. La lignée n'est pas encore éteinte dans notre famille.

L'homme émit un petit sifflement.

— Je savais que les humains nous haïssaient, mais je ne pensais pas que c'était rendu au point où notre filiation pourrait justifier une condamnation à mort. Pas ici, en tout cas.

— Seulement parmi les Dévots.

Mio poussa un petit cri surpris lorsque Faen resserra sa prise sur ses bras. Il la lâcha, l'air contrit, puis la rattrapa aussitôt pour l'équilibrer de nouveau avant qu'elle bascule.

— Pardonnez-moi. J'ai entendu des rumeurs à propos des Dévots. Des fanatiques qui font la vie dure à nos cousins plus au nord.

Elle agrippa la branche si fermement que les jointures de ses mains blanchirent.

— Ils sont de plus en plus puissants. Mon père leur a tenu tête, mais...

Mio prit une grande inspiration, puis osa enfin jeter un coup d'œil vers le bas. Mais il n'y avait aucun chien spectral ici. Rien d'autre qu'un sol forestier moussu. Se mordant la lèvre, elle releva la tête et le regarda droit dans les yeux.

— Pourquoi m'avez-vous amenée ici ?

Un sourire s'étira lentement sur son visage.

— Je n'en ai aucune idée.

— Personne n'a vu d'Eiana par ici depuis plusieurs générations. Je me suis dit que si je pouvais simplement arriver jusqu'au cercle sacré... (Elle baissa les yeux.) Je sais qu'ils ont... que *vous* avez cessé de répondre, mais il fallait que j'essaie. Nous ne sommes pas dans la clairière cependant. Et vous n'avez pas l'air d'un noble.

— Absolument pas, dit-il avec un éclat de rire qu'elle

ressentit intérieurement comme les picotements qui avaient accompagné sa venue ici. Je suis en formation avec la garde, mais pas en tant que dignitaire.

— Puis-je avoir votre nom ?

— Faen, répondit-il. Faen du Grand Chêne.

Ce trait d'humour la fit sourire.

— Je suis Mio, dame suzeraine des Kioku.

Il haussa les sourcils.

— Suzeraine ?

Mio bougea légèrement les bras pour l'inviter subtilement à la lâcher, puis se redressa du mieux qu'elle put lorsqu'il le fit.

— Oui. J'étais la seule héritière de mon père. Je suis devenue la suzeraine des Kioku il y a quelques lunes suite à son décès. Peu importe à quel point mon oncle par alliance le conteste.

— Mes condoléances.

Avant qu'elle puisse répondre, son corps fourmilla de nouveau, et Faen jura dans sa barbe. Le cœur dans la gorge, Mio se pencha de côté, suivant le regard de Faen jusqu'à la base de l'arbre. Une vive lueur vacillait à cet endroit, où l'on pouvait vaguement distinguer la silhouette d'un chien levant son museau fantomatique vers le ciel. Mio plaqua une main sur sa bouche pour étouffer un cri.

— Du calme, murmura Faen en tendant une main, paume vers le bas, en direction du chien en dessous.

Quelques syllabes chuchotées et un éclat de lumière suffirent à faire disparaître la forme spectrale. La respiration de Mio demeurait tout de même saccadée.

— Comment est-il arrivé là ? parvint-elle à dire.

Faen plissa le front d'un air perplexe.

— Votre oncle – ou quiconque derrière ça – a invoqué des esprits plus puissants que tout ce que j'ai pu voir jusque-là. Nous devons partir d'ici.

Le corps tremblant, Mio opina de la tête.

— Pouvez-vous me conduire auprès de votre reine ?

Faen écarquilla les yeux.

— Pardon ?

— Votre reine ? répéta Mio d'un ton légèrement agacé. Je suppose que vous en avez toujours une ?

Secouant la tête d'un air consterné, Faen se leva, faisant à peine bouger la branche sous eux.

— Je ne peux pas vous amener directement devant la reine. Voulez-vous réellement mourir ? Même si cela remonte à plusieurs générations, les propos offensants de votre peuple à l'encontre du nôtre n'ont pas été oubliés.

Mio voulut se déplacer le long de la branche, mais s'arrêta aussitôt lorsqu'elle commença à tanguer. Elle leva les yeux vers les siens d'un air renfrogné.

— Pas les gens de *mes* terres. Le roi de l'époque s'était rallié à la cause des Dévots. Nous pensions que le pire était passé, mais...

Elle s'interrompit, sous le choc, lorsqu'une autre silhouette apparut en contrebas. Faen la chassa en chuchotant de nouveau quelques mots, avant de tendre une main vers elle.

— Venez, je peux nous sortir de là, si vous êtes d'accord.

Elle hésita seulement une fraction de seconde avant de glisser sa main dans la sienne.

— Faites-le.

***

Faen aida la femme à se lever, puis s'immobilisa pour l'observer. Tout son corps tremblait alors qu'elle s'efforçait de tenir debout, et elle serrait si fort sa main que cela en devenait douloureux. Vaillante, peut-être, mais pas armée pour une évasion à travers la canopée.

— Je peux vous porter d'arbre en arbre, avec votre permission.

Elle écarquilla les yeux.

— Nous ne pouvons pas redescendre maintenant ?

— Trop près de la brèche entre nos dimensions, répondit Faen avec un haussement d'épaules.

— Ce ne serait pas autorisé en temps normal, mais...

Dame Mio redressa l'échine malgré son équilibre précaire sur la branche.

— ... nous ne sommes pas dans mon monde, comme vous l'avez souligné. Allez-y, portez-moi sans craindre une exécution.

Secouant la tête d'exaspération, Faen l'agrippa néanmoins fermement. Il avait entendu parler de la façon dont les humains traitaient les femmes de la noblesse, sans savoir s'il devait vraiment y croire. On racontait que nul autre que leur compagnon ne pouvait les toucher – pas même un simple effleurement. Alors que Faen utilisait son bras libre pour les faire grimper plus haut dans l'arbre, il s'interrogea sur ces histoires.

Était-il le premier homme à la toucher depuis qu'elle avait atteint l'âge adulte, ou avait-elle un compagnon ?

Poussant un grognement sous l'effort, Faen se balança et les propulsa tous les deux dans un chêne à proximité, atterrissant sur une grosse branche le long de laquelle il courut jusqu'au tronc. Dame Mio resserra ses bras autour de sa taille durant cette manœuvre rapide, mais elle ne protesta pas. Pas même quand il sauta un cran plus bas sur une branche croisée. Elle n'était assurément pas d'une grande force physique, mais sa volonté était aussi robuste que la meilleure des épées.

Lorsqu'il atteignit la lisière du bois, Faen descendit. La clairière était délimitée par huit roches – symboles des huit directions sacrées – servant à sceller les sorts de protection. Ici, ils seraient plus en sécurité que n'importe où ailleurs, car les chiens spectraux ne pourraient certainement pas entrer dans le cercle sacré dans son monde. Dans ce lieu de liaison solennel entre les dimensions, souvent utilisé et empli de joie autrefois, les sortilèges étaient anciens et puissants. En théorie, en tout cas.

Faen s'arrêta au centre, mais il ne lâcha pas la femme. Son

corps souple et chaud pressé contre le sien lui semblait tellement à sa place. Sa gorge se serra alors qu'il la regardait. Elle
était si belle, du brun de ses yeux à la cascade de boucles noires
qui les entourait. Mais plus encore, son esprit. Son âme brillait
comme une étoile.

— Faen !

La voix le tira de sa rêverie. Faen lâcha dame Mio à contrecœur, prit une grande inspiration, et se tourna.

— Bonjour, père.

MIO SE RAIDIT EN ENTENDANT CE QUE FAEN VENAIT DE DIRE. CET
homme-*là* était son *père* ? Celui qui se tenait bien droit à la
lisière du bois, ses somptueux habits bleus indiquant qu'il s'agissait d'un noble et d'un mage ? À quoi jouait Faen ? Pourquoi
s'était-il présenté comme un guerrier ? Elle avait entendu assez
d'histoires sur les Eiana pour savoir que les fils des nobles s'en-
gageaient rarement dans une profession si dangereuse, surtout
s'ils possédaient des facultés.

Et elle avait vu Faen utiliser la magie de ses propres yeux.

— Père ? répéta-t-elle d'une voix étranglée.

Par les dieux, s'était-elle attiré encore plus d'ennuis ? Elle
avait fui un faux-semblant pour se retrouver directement face à
un autre.

— Quand il veut bien l'admettre, répondit Faen avec un
haussement d'épaules.

Mais Mio perçut la souffrance derrière ses paroles et se
détendit un peu. Si les deux hommes n'étaient pas en bons
termes, alors Faen n'avait peut-être pas menti. Elle espérait qu'il
avait été sincère. Elle se sentait attirée par lui – tellement en
sécurité dans ses bras. Bien qu'aucun homme ne l'ait touchée
depuis ses douze printemps, elle ne se rappelait pas avoir déjà
ressenti cela.

Le noble s'approcha d'un air suspicieux.

— Qu'as-tu fait, Faen ?

— J'ai sauvé une vie.

— Les brèches ne doivent pas être ouvertes sans autorisation.

Faen serra les poings.

— Il n'y a pas de loi officielle, c'est seulement une tradition. Je n'allais pas laisser une femme se faire déchiqueter par des chiens spectraux sous mes yeux sans rien faire.

— Des chiens spectraux ?

L'homme chancela comme si on l'avait poussé et tourna des yeux écarquillés vers Mio.

— Comme ceux présents au nord ?

— Absolument, répondit Faen.

Le noble lança un regard noir à Mio.

— Vous avez amené ces infâmes créatures sur nos terres ?

— Pas moi, rétorqua Mio en se redressant fièrement, refusant de se laisser marcher dessus. Je suis Mio, dame suzeraine des Kioku. Un homme du nord veut me contraindre à l'épouser afin de pouvoir voler ma place. Lorsque je me suis échappée, il a invoqué les chiens.

— C'est quand même bien vous qui les avez conduits jusqu'ici.

Une colère brûlante commença à monter en elle.

— Je suis venue faire appel aux Eiana selon les coutumes ancestrales.

L'homme s'approcha, presque assez pour la toucher. Malgré sa tentative de l'intimider avec son regard, Mio tint bon. Les enjeux étaient plus importants que sa propre vie.

— Votre peuple a perdu ce droit il y a bien longtemps, finit-il par dire.

— Le seigneur qui a insulté votre reine a été destitué par son propre frère, mon arrière-grand-père, pour le déshonneur qu'il a jeté sur notre peuple. Ce que le vôtre saurait si toutes les tentatives de communication n'avaient pas été ignorées, conclut-elle d'une voix froide.

Le noble afficha un sourire ironique.

— Nous sommes plus que ravis de vous laisser entre vous.

— Ce n'est pas dans l'esprit de notre traité.

— Néanmoins, la parole de notre reine fait loi.

Mio prit une grande inspiration et s'efforça d'arrêter de trembler. Levant le menton, elle le regarda d'un air circonspect.

— N'est-il pas vrai que n'importe quel Eiana est en droit d'obtenir une audience avec la reine ?

— Je... (Le noble s'écarta, visiblement mal à l'aise.) Bien entendu, oui.

— Dans ce cas, conduisez-moi auprès d'elle au nom du sang qui coule dans mes veines, dit Mio, puisque mon arrière-grand-mère était sa cousine directe.

FAEN NE PUT RÉPRIMER UN SOURIRE DEVANT LE SILENCE QUI suivit les paroles de dame Mio. Il jeta un coup d'œil par-dessus son épaule et retint son souffle face à sa posture royale, avec son dos droit et son port de tête altier. Les faux plis et les taches sur sa robe blanche, ou les longs cheveux emmêlés qui cascadaient sur ses bras, ne gâchaient rien au tableau. Bien qu'elle ne soit sans doute pas beaucoup plus âgée que lui – peut-être même plus jeune –, il était certain qu'elle devait régner de manière absolue sur les Kioku.

— Eh bien, cela pose tout de même problème, répondit son père d'une voix empreinte de fureur. Il n'existe aucune clause relative à un tel cas de figure, et de ce fait, j'ai bien peur d'être obligé de consulter la reine à ce propos.

Faen se retourna brusquement vers son père.

— Ne la traitez pas avec mépris parce qu'elle est arrivée ici avec moi.

Un regard bleu glacial croisa les yeux verts de Faen.

— Ta présence est plus qu'insignifiante, hormis le fait qu'elle prouve que tu as violé nos lois.

Ce genre de propos ne devraient pas le faire souffrir. Après dix ans, il devrait s'en moquer. Mais ce n'était pas le cas. Faen se raidit pour lutter contre ce sentiment, priant pour demeurer impassible. Il était conscient lorsqu'il avait fait son choix que certaines blessures ne guérissaient jamais.

— Avec le sang des Eiana coulant dans ses veines, je n'ai rien violé du tout.

— Cela reste à voir, rétorqua sèchement son père. Vous allez demeurer dans la clairière sacrée de son monde jusqu'à ce que je revienne avec une réponse. Ne songez pas à partir avant.

Faen renifla avec dérision en entendant cela – comme si son père allait s'aventurer au-delà du cercle sacré de la dimension des humains pour les pourchasser –, mais il ne dit rien tandis que la magie le traversait. En un clin d'œil, son père avait disparu. Faen perdit l'équilibre à cause du terrain irrégulier sous ses pieds, mais il se redressa rapidement. L'herbe était plus pâle ici, les arbres plus petits. Et les aboiements retentissants des chiens de chasse plus qu'alarmants.

Tirant un poignard de sa ceinture, Faen se rapprocha de dame Mio en balayant le périmètre de la clairière sacrée du regard. À chaque ajout au nombre de chiens spectraux, un juron lui échappa. Dix au total. Il pourrait en neutraliser un, peut-être même deux ou trois, mais s'ils parvenaient tous à entrer dans le cercle, lui et Mio allaient mourir. Les mages avaient-ils renforcé les sorts de protection de ce côté-ci ?

Deux des chiens bondirent vers eux, heurtant les barrières invisibles avec un bruit sourd, et le frisson qui traversa Faen de part en part lui donna sa réponse. Les barrières tiendraient, mais pas éternellement. Pas si les chiens se mettaient à œuvrer de concert.

— Pourquoi n'êtes-vous pas parmi les nobles ? murmura dame Mio.

Un rire sans joie lui échappa tandis qu'il la regardait.

— Parce que je ne le souhaite pas. Ma magie n'est pas assez puissante pour faire de moi autre chose qu'un subalterne, et je n'aime pas assez les sortilèges pour m'en contenter. Je préfère largement surveiller la forêt. Ma mère est en paix avec ma décision, mais… mon père ne l'acceptera jamais, conclut-il avec un soupir.

— Je suis désolée, dit Mio d'un air attristé. Mon propre père m'aimait. Il a essayé de faire en sorte que je me marie avant sa mort, mais je pensais que ses craintes à propos de mon oncle étaient infondées. Je me suis fourvoyée.

Faen tendit le bras, mais sa main s'arrêta à un cheveu du visage de Mio. Il ne pouvait pas la toucher de façon familière. Il n'aurait jamais dû la toucher, même pour la sauver – et pas seulement à cause des lois de son monde à elle. Elle lui avait fait quelque chose. Quoi que ce soit, cela le rongeait de l'intérieur et faisait battre son cœur de façon presque douloureuse dans sa poitrine. Mais elle ne pourrait jamais être à lui. Pas la dame suzeraine des Kioku.

— Voulez-vous bien m'en dire plus ? osa-t-il demander.

Mio tressaillit lorsque l'un des chiens de chasse heurta de nouveau les barrières, mais elle ne cilla pas.

— La seconde femme de mon grand-père était une veuve venant du nord. Elle est arrivée avec son jeune fils, et ils avaient l'air de plutôt bien s'adapter. Mais leur clan était persuadé que le dieu et la déesse de la Guerre devraient être au premier rang parmi les divinités, et non le dieu et la déesse de la Lumière. Quand mon grand-père est mort, elle et son fils sont repartis dans le nord pour rejoindre les Dévots.

— Les Dévots croient aux mêmes divinités que les Kioku ? demanda Faen d'un ton surpris.

— Oui, mais pas au même ordre hiérarchique.

— Alors pourquoi… ?

— Pourquoi désavouent-ils la magie ? (Dame Mio secoua la tête d'un air impuissant.) Le dieu et la déesse de la Guerre la détestent et préfèrent les combats physiques. La déesse de la Lumière incarne la magie, de sorte qu'il y a peu d'hostilités lorsqu'elle gouverne. Excepté dans les régions sous l'emprise des Dévots. Je pensais que nous nous étions débarrassés de leur influence, et que mon oncle nous avait oubliés depuis longtemps. Je me trompais.

Faen se rappela ce qu'elle avait dit plus tôt.

— Il veut vous forcer à l'épouser ?

— Le sang des Eiana coule dans les veines de bon nombre des miens avec tous les mariages mixtes contractés pendant de nombreuses années, expliqua Mio. Il a menacé de faire appel aux armées des Dévots pour tous nous exterminer si je ne l'épouse pas. Mais je sais très bien qu'il ne mettrait pas longtemps à se débarrasser de moi pour de bon une fois les vœux prononcés.

Les grognements hargneux des chiens passèrent au second plan alors que Faen l'observait attentivement. Quoi que la reine réponde, il devait aider dame Mio. L'idée que les Dévots s'emparent d'une place forte à proximité de ses propres terres serait en soi une raison suffisante, c'était indéniable. Mais il s'en souciait peu. Mio ne serait peut-être jamais sienne, mais il était prêt à donner sa vie pour la sauver. Un rire nerveux lui échappa. Tout cela pour une femme qu'il venait à peine de rencontrer.

Mio écarquilla les yeux.

— Vous êtes souffrant ?

— Probablement, dit-il en esquissant un sourire. Je songeais juste à ce qui causerait ma perte.

— Pardon ?

Faen lutta contre le désir qu'il avait de la toucher.

— Parce que je ne laisserai jamais personne, dans aucun monde, vous faire du mal.

Mio prit une brusque inspiration en entendant ce que Faen venait de dire. Il ressentait cela pour elle ? La plupart des hommes la craignaient, car l'autorité de la suzeraine était absolue. Ils étaient à son service, certes, et mourraient pour elle si elle se faisait attaquer. Mais seulement au nom de son titre. Elle était suzeraine depuis si peu de temps, et du haut de ses dix-huit printemps à peine, elle devait encore gagner l'amour et le respect des siens.

Le sens du devoir était un piètre substitut.

Et voilà que Faen se tenait devant elle avec les yeux emplis d'une émotion dont elle osait à peine deviner la nature. Il ne pouvait pas s'agir d'amour, ni même d'amitié. Sûrement pas aussi vite. Mais par la lumière divine, comme cela faisait battre son cœur ! Mio leva une main tremblante. Ses doigts fourmillaient alors qu'ils planaient à un cheveu de la joue de Faen. Allait-elle oser ? Aucune femme noble de son peuple ne le ferait.

Mio redressa l'échine et ses tremblements s'estompèrent. Elle était dame suzeraine des Kioku. Elle pouvait bien toucher qui elle voulait.

Elle effleura la joue de Faen du bout des doigts, et il se figea en écarquillant les yeux. Mio tressaillit à son contact. Sa peau, si chaude et douce. Elle avait très envie de se blottir contre lui et de poser sa tête sur son torse. Qu'il la prenne simplement dans ses bras. Mais suzeraine ou non, ce serait trop. Avec un soupir, elle retira sa main et la posa sur sa propre poitrine, savourant ce moment.

— Dame Mio ? l'interpella Faen d'une voix douce, le regard cependant enflammé.

— Je n'aurais pas dû, murmura Mio. Pardonnez-moi. Mais si je dois mourir…

Faen fit un pas vers elle, mais il ne la toucha pas.

— Vous n'allez pas mourir.

— Si la reine refuse d'intervenir, rien ne sera moins sûr.

Une magie familière fit vibrer l'air autour d'eux pendant un instant avant que le père de Faen apparaisse, les regardant tour à tour d'un air mauvais.

— Tu vises trop haut si tu penses que tu peux avoir une femme noble. Pas alors que tu as renoncé à la place qui est la tienne.

Mio se raidit.

— La magie n'est pas la seule forme de noblesse.

— À vos yeux.

Le noble fit un petit geste et Mio remarqua alors le soldat qui se tenait derrière lui. L'estomac noué, elle observa l'homme déposer un paquetage sur le sol, et elle réprima l'envie de se mordre nerveusement la lèvre lorsqu'elle tourna de nouveau les yeux vers le père de Faen.

— Si vous traitiez les mages avec plus de respect, vous n'auriez peut-être pas des chiens spectraux à vos trousses, hmm ?

— J'en conclus que la reine refuse de la recevoir ? demanda Faen avant que Mio puisse répondre par une insulte cinglante.

— Sa Majesté a besoin de temps pour se décider. (Le noble désigna le paquetage.) Je vous apporterai sa réponse dans deux jours. Mais comme elle est toujours généreuse, elle m'a prié de vous fournir les moyens de vous défendre.

Le soldat s'avança de nouveau pour poser un arc et un carquois de flèches à côté du paquetage. Mais pas d'épée. Mio plissa les yeux d'un air sarcastique.

— Comme c'est appréciable.

— Plus appréciable qu'une mort certaine, répondit le noble. Quant à toi, Faen, un faux pas de plus et ce sera l'exil. Tâche de t'en souvenir.

Le regard rivé sur l'arc, Mio remarqua à peine la vibration de la magie dans l'air lorsque le noble et son garde s'en allèrent. Les chiens de chasse, immobiles et aux aguets en présence du mage, se mirent à hurler. Mio tressaillit. Aucune aide, pas à temps, du moins. Pas de guerriers pour l'aider à éliminer son oncle par alliance. Elle tomba à genoux, sans prêter attention aux nouvelles taches sur sa robe. Sans prêter attention à rien.

Faen s'agenouilla devant elle, dissimulant le paquetage à sa vue.

— Dame Mio ?

Elle secoua la tête pour tenter de chasser le désespoir qui la rongeait. Le désespoir inhibait la force, et c'était de force dont elle avait besoin.

— Je ne sais pas quoi faire.

— Nous allons nous battre, répondit Faen en croisant son regard. Avons-nous le choix ?

Mio songea à ses gens. Leurs yeux baissés alors qu'ils vaquaient à leurs tâches au château, leur crainte de son oncle presque palpable. Les petites filles se pressant aux fenêtres d'un cottage devant lequel elle était passée. Leurs visages rayonnaient d'espoir – jusqu'à ce que le premier chien de chasse se fasse entendre depuis le château derrière elle.

Sa famille avait assuré la protection de tous ces gens depuis des générations. Mio refusait d'être la première à leur faire défaut.

— Non, dit-elle, nous n'avons pas le choix.

Elle glissa la main dans la large ceinture rigide autour de sa taille et en sortit une pochette rectangulaire en cuir. Faen la regarda d'un air perplexe tandis qu'elle l'ouvrait, révélant plusieurs couteaux de jet à fine lame maintenus par des passants et un couteau plus grand qu'elle avait placé au milieu.

Il émit un sifflement.

— Comment ai-je pu ne pas les sentir quand je vous ai portée ?

— Ma ceinture est suffisamment épaisse pour que ce petit paquet passe inaperçu la plupart du temps, répondit Mio avec un haussement d'épaules.

— Vous êtes une femme surprenante, dit-il avec des yeux rieurs.

— J'aimerais seulement en avoir plus.

Elle retint son souffle en comptant les couteaux dans sa pochette. Mais elle avait beau compter et recompter, il n'y en avait toujours que sept. Enfin, huit avec le couteau de chasse.

— Ce ne sera pas suffisant, même si j'étais experte en lancer. Ce qui n'est pas le cas.

Faen jeta un coup d'œil à l'arc et aux flèches par-dessus son épaule, puis soupira.

— Nous avons l'arc, mais… (Il se leva pour aller inspecter les flèches.) Non, elles ne sont pas enchantées. Il sait très bien que des flèches ordinaires ne peuvent pas tuer des chiens spectraux. Typique de lui.

Retenant les larmes qui lui montèrent subitement aux yeux, Mio resserra sa main autour du manche de son grand couteau. Le père de Faen ne se souciait même pas assez de lui pour lui fournir de bonnes armes.

— Je suis désolée.

— Pour quoi ?

Mio leva la tête devant la voix confuse de Faen.

— Pour votre père. (Elle prit une brève inspiration.) Pour vous avoir impliqué là-dedans. Pour tout.

FAEN GARDA LE SILENCE PENDANT UN BON MOMENT, LA GORGE nouée par la fureur qui l'habitait. Le fait que ce soit *elle* qui s'excuse alors que les échecs de son propre peuple les avaient conduits ici ne faisait qu'alimenter sa colère. Pourquoi les nobles de son monde refusaient-ils de voir qu'une place forte contrôlée par les Dévots signifierait la mort de nombreux Eiana ? Ces fanatiques appelaient à l'éradication de la magie, mais ils invoquaient des créatures fantomatiques, comme les chiens de chasse, sans aucun scrupule. Des créatures qui pouvaient franchir les brèches entre les dimensions avec une énergie suffisante.

Les vieilles rancœurs allaient conduire les nobles à leur perte.

— Vous n'avez pas à vous excuser, dit Faen en la regardant dans les yeux. Pas alors que votre bravoure nous a sans doute tous sauvés.

Elle haussa les sourcils d'un air étonné.

— Moi ? Mais…

— Vous vous êtes échappée pour vous rendre au cercle sacré, sans savoir si vous alliez être entendue. Mon père ne voudra jamais le reconnaître, mais votre mise en garde nous aura été très profitable. Nous aurons plus de temps pour nous préparer à affronter les Dévots. (Il grimaça.) Enfin, *ils* auront plus de temps. Je serai, pour ma part, exilé dès que nous aurons quitté cette clairière.

Dame Mio se remit debout.

— Pour m'avoir aidée ?

— En partie, répondit-il. Mais surtout pour avoir désobéi. Depuis que j'ai refusé de rejoindre les rangs des mages, mon père est à l'affût de n'importe quelle excuse pour se débarrasser de moi.

Elle pâlit.

— Vous ne devriez pas rester là alors.

Faen s'empara du carquois et en sortit les flèches.

— Je n'irai nulle part. Nous sauverons bien plus de monde si nous mettons un terme à cette menace dès maintenant.

Fermant les yeux, Faen invoqua le peu de magie qu'il possédait. Il serra les dents tandis que l'énergie tentait de se libérer, jusqu'à ce qu'il parvienne enfin à l'insuffler dans les flèches pour qu'elles véhiculent le sortilège dont il avait besoin. Les armes physiques étaient peu efficaces contre les chiens spectraux – leurs corps n'étaient pas véritablement de chair et de sang –, mais le fait de détacher leurs esprits du monde physique fonctionnait bien. Une manœuvre dont son père le croyait incapable.

Sa magie fermement sous contrôle, Faen observa les traits tendus de Mio. Il remit les flèches dans le carquois et tendit sa main libre vers elle.

— Je peux enchanter les couteaux, avec votre permission.

Les yeux écarquillés, Mio lui tendit la pochette contenant ses couteaux de jet sans faire de commentaire. Les muscles tremblant sous l'effort, Faen insuffla le sortilège dans chacun des couteaux avant de les lui rendre. Alors seulement, il rappela sa magie pour la renfermer en lui. Les genoux flageolants, il lutta contre l'envie pressante de s'asseoir. Il avait bien trop utilisé ses pouvoirs en un seul jour.

— Pourquoi ne pouvez-vous pas lancer ce sort directement sur les chiens ? demanda Mio.

Faen regarda le périmètre du cercle d'un œil mauvais.

— Je ne suis pas assez puissant pour pouvoir utiliser ma magie à travers les barrières. Mais si je passe au-delà, ils me tueront avant que je puisse tous les atteindre.

— Oh… (Elle se mordit la lèvre inférieure.) Si nous survivons à cela…

— Dame Mio, je vous en prie. Pas de promesses. (Il fit appel à toute sa volonté pour ne pas la toucher.) Seuls les mages sont considérés comme nobles parmi mon peuple. Je n'ai rien à vous offrir. Pas même une alliance.

— Vous devriez l'écouter, ma promise.

La voix était sortie de nulle part dans la clairière et seules ses années d'entraînement empêchèrent Faen de bondir en l'entendant. Mio tressaillit et son visage devint livide tandis que Faen regardait au-delà d'elle pour localiser la source de cette voix. Un grand homme se tenait debout en bordure du cercle, une cape très similaire à celle de Mio retombant autour de lui en une cascade colorée. Mais pas d'oiseaux tissés pour lui – des chiens d'aspect fantomatique semblaient se mouvoir sur la somptueuse étoffe violette. Cet habit et les cheveux noués sur sa tête à la façon des grands seigneurs en disaient bien assez long aux yeux de Faen.

L'oncle de Mio se voyait déjà victorieux.

Faen entendit dame Mio prendre une grande inspiration alors qu'elle replaçait sa pochette de couteaux sous sa ceinture rigide. Elle se retourna ensuite, les épaules carrées et le visage impassible.

— Je ne suis pas votre promise, et je ne le serai jamais.

— Votre mère a approuvé cette union.

— À la pointe de votre épée, rétorqua Mio. Elle n'est pas suzeraine ici. Je le suis. Et j'ai refusé votre demande en mariage.

Sur un simple geste, les chiens spectraux se rassemblèrent autour de la cape de l'homme, donnant l'impression étrange qu'ils venaient juste d'en descendre.

— Les Dévots sont déjà en route, Mio. Vous ne pourrez pas y échapper. Pourquoi refuser ma protection ?

Même Faen pouvait sentir la rage émanant d'elle, alors qu'il n'était pas empathe.

— Protection, mon œil, marmonna-t-il.

Le noble afficha un sourire narquois, désignant la clairière vide de la main.

— C'est plus que ce que vous pouvez offrir, non ?

Faen passa le carquois en bandoulière sur son dos et se baissa pour ramasser l'arc. Il prit une grande inspiration pour tempérer sa fureur. La colère faisait trembler ses mains, et il se devait de bien viser.

— Nous verrons bien, je suppose.

PRENANT SOIN DE CONTINUER À DISSIMULER SON COUTEAU DE chasse dans les plis de sa robe, Mio observa son oncle.

— Retournez dans le nord, Kaso. Le dieu et la déesse de la Guerre ne pourront jamais l'emporter.

Il plissa les yeux.

— Clairement, je ne suis pas d'accord.

— Que se passera-t-il quand ils auront tout détruit sur leur passage ? demanda calmement Mio. Que fera le feu lorsqu'il n'y aura plus de bois ?

— Vous espérez que vos belles paroles vous sauveront, répondit Kaso, ses yeux reflétant néanmoins une certaine crainte. Les Dévots se sont vu promettre beaucoup de choses pour débarrasser le monde des gens de votre espèce.

— La lumière ne faillira jamais.

Kaso sourit de façon suffisante.

— Courageuse, mais stupide. Dommage que votre sang soit souillé. Bien que le risque puisse être justifié pour engendrer des fils robustes.

Un frisson de terreur dévala l'échine de Mio, mais elle ne flancha pas.

— Jamais.

— Nous verrons bien, dit Kaso d'une voix glaciale.

Il regarda les chiens et leur adressa un geste bref. Comme s'ils ne faisaient qu'un, les chiens spectraux bondirent vers le cercle, heurtant les barrières en un rang solide.

Bien que sa compréhension de la magie soit limitée, la rupture soudaine des sorts de protection ébranla fortement Mio. Sa vision s'obscurcit et derrière elle, Faen poussa un juron. Lorsqu'elle retrouva ses esprits et que sa vision redevint claire, elle se surprit à le regretter. Les chiens de chasse se déplaçaient rapidement, leurs aboiements maléfiques faisant accélérer son cœur alors qu'ils filaient à travers la clairière.

Elle garda néanmoins son couteau dissimulé.

Des flèches se mirent à pleuvoir de derrière son épaule droite pour aller se planter avec un bruit sourd dans les chiens en approche. Trois d'entre eux partirent en fumée en poussant des hurlements fantomatiques. Mais Faen ne pourrait jamais neutraliser les sept autres avant qu'ils soient sur elle. Ils étaient tout bonnement trop rapides.

Mio haussa les sourcils d'un air dubitatif.

— Ne pouvez-vous pas entrer dans le cercle vous-même, mon oncle ? Les Dévots doivent être plus faibles que ce qu'ils prétendent.

— Pourquoi vous préoccupez-vous de moi, Mio ? Auriez-vous changé d'avis ? demanda Kaso.

Il fit cependant quelques pas en avant.

— Je n'épouserai pas un homme qui n'est pas capable de venir me chercher lui-même, répondit Mio. Cela n'aurait aucun intérêt, répondit-elle d'une voix qui demeura posée malgré ses mains qui tremblaient sous les plis de sa robe.

Deux autres chiens tombèrent sous les flèches de Faen avant que Kaso ne les envoie vers lui d'un geste de la main. Mio eut soudain du mal à respirer, mais elle n'avait pas le temps de s'inquiéter pour Faen. Pas alors que Kaso avançait vers elle, les yeux braqués sur son visage. Alors que le dernier chien passait précipitamment à côté d'elle, son oncle s'arrêta devant elle.

— Embrassez-moi, dame Mio, murmura Kaso, et acceptez votre destin.

— Mio ! s'exclama Faen derrière elle.

Mais elle n'avait pas le choix.

— Qu'il en soit ainsi.

Kaso ouvrit grand les bras et Mio le rejoignit, passant ses bras autour de lui au dernier moment. Sous son épaisse cape en soie. Elle prit une grande inspiration et regarda Kaso droit dans les yeux alors qu'elle acceptait son destin, car un échec entraînerait sa mort. Que le dieu et la déesse de la Lumière lui donnent la force nécessaire.

Relâchant son souffle, elle écarta une main du dos de son oncle avant de la rabattre violemment pour y planter son couteau.

FAEN ÉTAIT DE NOUVEAU PERCHÉ DANS UN ARBRE, REMERCIANT tous les professeurs entre les mains desquels il était passé durant sa formation. Sa rapidité allait les sauver tous les deux. Il le fallait. Une fois le dernier des chiens spectraux éliminé, il leva de nouveau son arc, prêt à viser sa cible. Ce serait son unique chance s'il voulait sauver Mio. Mais il faillit plutôt faire tomber son arc lorsqu'il vit que son oncle titubait en arrière.

L'autre couteau. Il l'avait oublié. Pas Mio, de toute évidence. Elle se tenait fièrement debout, du sang gouttant du bout de la lame de son couteau de chasse.

Mais son oncle était toujours en vie, le visage empreint d'un mélange de rage et de douleur tandis qu'il se jetait sur Mio. Faen décocha sa flèche. Elle vola tout droit et alla se planter profondément dans le bras de l'homme. Faen arma une autre flèche et pria pour que Mio se décale suffisamment pour que sa ligne de mire soit dégagée. Mais quand elle se déplaça, ce fut pour se rapprocher de son oncle.

Un rayon de soleil se refléta pendant le plus bref des instants sur la lame qu'elle avait de nouveau levée.

LA POIGNÉE LISSE GLISSA DANS LA PAUME POISSEUSE DE MIO alors qu'elle cherchait à raffermir sa prise, et elle eut un haut-le-cœur en songeant qu'elle était couverte du sang de son oncle. Mais lorsque l'attention de Kaso fut détournée par la flèche dans son bras, Mio réagit aussitôt. Elle n'allait pas gâcher l'opportunité que Faen et les dieux venaient de lui donner. Elle leva son couteau avant de l'abattre en direction de son cou sans prendre le temps d'y réfléchir. Il s'enfonça profondément dans la peau souple de sa gorge, et cette sensation… Mio remarqua à peine le moment où son oncle s'effondra.

Soudain, le fait qu'elle reste en vie ou non n'avait plus d'importance – du moment qu'elle puisse vomir.

Mio sentit une main dans son dos alors qu'elle vidait tout le contenu de son estomac dans l'herbe, et à cet instant, elle se souciait peu de savoir qui la touchait. Du moment que la main de cette personne continuait à effectuer ce mouvement circulaire apaisant. Et lorsqu'elle eut fini, une autre main lui tendit un carré d'étoffe vert forêt. Ses yeux se fermèrent de gratitude alors qu'elle s'essuyait la bouche, réalisant seulement à ce moment-là qu'elle était agenouillée dans l'herbe.

— Vous avez réussi, dit calmement Faen qui se trouvait juste derrière elle.

Mio se crispa, se relevant aussitôt pour pouvoir le regarder dans les yeux.

— Je n'ai jamais voulu prendre une vie, même si c'était nécessaire.

— Je sais que ce n'est pas ce que vous vouliez, répondit Faen.

Son visage prit une expression peinée jusqu'à ce qu'il se force à retrouver une contenance.

— Je voulais simplement dire que vous avez réussi à vous sauver vous-même, ainsi que mon peuple. Vous n'avez plus besoin des Eiana – ni de moi – à présent.

Le cœur de Mio cognait fort dans sa poitrine.

— Ce n'est pas vrai.

Les poings serrés, Faen détourna le regard.

— Je... je ne fais pas partie de la noblesse, dame Mio.

— Venez avec moi, et nous allons changer cela, dit-elle d'une voix moins tremblante que ses mains.

Faen reposa aussitôt les yeux sur elle.

— Pardon ?

Rassemblant son courage, Mio s'approcha de lui – suffisamment pour pouvoir le toucher. Elle leva la main qu'elle venait de nettoyer, s'arrêtant à un cheveu de sa joue.

— Épousez-moi. Soyez mon seigneur.

Il relâcha son souffle dans un sifflement.

— Ce n'est pas si simple. Tant de gens seront...

— Seule votre opinion est importante à mes yeux, dit Mio en tressaillant lorsque ses doigts effleurèrent sa peau. Mes gens vous accepteront puisque votre père fait partie de la noblesse. L'ascendance est plus importante que la magie aux yeux des Kioku. Mais je vous choisirais même sans cela.

Elle marqua un temps d'arrêt et déglutit avec peine, la bouche sèche.

— Et vous, me choisirez-vous ?

Les yeux de Faen sondèrent les siens durant une éternité et elle sentit sa gorge se nouer. Serait-ce la dernière fois qu'elle le toucherait, le verrait ? Puis il leva sa propre main pour venir la poser sur la sienne, plaquant sa paume contre sa joue. Un sourire aux lèvres et les yeux doux, il lui répondit :

— Toujours.

FIN

À PROPOS DE L'AUTEUR

Depuis qu'elle a déniché *Casque de feu* à la bibliothèque scolaire, Bethany Adams est une grande fan de fantasy. Déjà à l'école, elle soumettait à ses camarades des histoires griffonnées dans ses cahiers. Enfin, elle a décidé de publier ses propres romans. Quand elle n'écrit pas, Bethany adore la lecture et les jeux vidéo.

https://www.bethanyadamsbooks.com/livres